大平原上一顆閃耀的星

農鄉散文家林鵬來傑作選

林萬來　著
林政華　編

林萬來校長六秩賀慶暨從事寫作四十年紀念

自序／文藝耕耘四十年

話說兩年前，恩師　林政華教授鑒於學生不久將臻六十歲，希望屆時能出版我四十多年來的文學創作精選集，作為賀禮。此舉，讓我相當喫驚，何德何能，能受此大禮？而要從十冊的拙作中選出所謂「傑作」，再加以編纂、導讀玩賞，是備極辛苦的。這讓我覺得很不好意思。但，如今看到全稿已完成，真令我感動莫名，不知如何言謝才好?!

恩師說，這些篇章，都是他在閱讀時深受感動才上選的。在這段不算短的歲月中，孜孜矻矻的努力看稿；因此，此書除了拙作之外，又有　恩師的詮釋、精心的導讀與賞析，不但點出文章的真義與特色所在，更添增了文稿的魅力與光彩。遇此良師，何其榮幸！這是一項大工程，　恩師完成一件不可思議的盛事，不知增添他多少的皺紋與白髮?他給了晚輩最好的榜樣，也給人世間留下美好的芬芳、春風化雨的典範。

在　恩師的序文中，詳敘此書由構想到編成之間師生書信往來的因緣，其構思奇特新穎，令人佩服和感動。而本書貫串筆者四十多年來的文學篇章，可說是我一生寫作的縮影：從一九七五年進入師專就讀從事創作起，一個當年輕澀少年，如今是華髮已多的初老之人了。

感謝　恩師這數十年來為我的拙文潤稿，指導寫作的修養與方法（師生合著的「魚雁往來見風義」中，可具見之）；又為出書編輯（多部）及寫序、推薦等等事宜，費盡心與力。林老師無疑是我文學路上乃至一生行事的貴人！

如今，此書即將出版面市，期盼能讓更多讀者能從拙文中獲取若干的助益，更盼望從 恩師所詮釋的文字中，覓得更多的思想啟迪，為生活所用，為生命增輝，尋得幸福的泉源：是所至禱。

林萬來序於雲林崙背

『大平原上一顆閃耀的星
——農鄉散文家林鵬來傑作選』編印始末

林政華

首提編印散文傑作精選事宜

萬來賢弟：

您寫令嫒的「生日蛋糕」一文，寫得真好！如有底稿，請傳給我。以後可另編一本『林鵬來田園散文傑作選』，是您的代表作。也許三四年後，您六十歲時可出版紀念。

您選出五、六十篇，從中我再挑出三、四十篇；所以，您十部的散文著作，我都要蒐集。可認定傑作、代表作的，就先歸入。在電腦上，隨時作一些，很快的就可成書，不累。好嗎？

林政華敬啟，二〇一六年一月十一日

鵬來同意編印

恩師：您好。

承蒙　恩師的器重，願意協助編選『林鵬來田園散文傑作選』。學生欣喜萬分，十分樂意，又要讓　恩師費心，實在愧不敢當。

只要有發表的文稿再傳送給您。「女兒自製的生日蛋糕」一文（二〇一六年一月十日，聯合報家庭版）在附檔，也請　恩師潤稿指導。

學生萬來敬上，二〇一六年一月十一日

初選出傑作十八篇

萬來弟：

這兩天，為了「林鵬來田園散文傑作選」重看了『人在千山外』等三部著作，選取下列各篇。您如有電腦檔請傳給我，或scan給我，我需再潤色一遍；並要慢慢各寫篇導讀、賞析，說出每篇大作的優點、特色。工程不小，但要慢慢做，在您五十八歲時完成，五十九歲可找出版社或自印出版，以紀念您六十大壽暨寫作生涯四十年。慢慢來，不急。我要選定約三、四十篇。

『人在千山外』：平原落日、傘外的天空、紙船印象、浪捲千堆雪、山野覓清泉、鴿樓等六篇。

『心靈的迴聲』：有洞才會涼、掬一把清幽、公車上的人母等三篇。

『慈濟因緣』：不如歸去、遊子心情、高樓向晚、一面鏡子等四篇。

至於『歸園田居訴衷情』、『生活小確幸：重拾在塵世裡的真珠』、『生活裡免費的美好滋味』等三書較熟悉；近日再挑選。另有『魚雁往來見風義』師生合集裡的五篇，如附檔。以上凡十八篇。

林老師敬啟，二〇一六年一月十二日

鵬來忙中撥空電打傑作選文

恩師：您好。

恩師如此的大費周章，翻讀學生數本拙作，未來還得做賞析、導讀。這很費心力，非常感謝，讓學生和內人非常感動。

恩師所列的這些篇章，學生會找時間繕打成電子檔。而『歸園田居』、『生活小確幸』等三書，目前都有電子檔。

近日眼睛休息較多，少寫作，少看電腦。積極的到田裡清除雜草，腰瘦得苦不堪言，已經快一週了；所以，這些篇章會儘量找時間整理。

學生萬來敬上，二〇一六年一月十三日

粗定傑作三十五篇

萬來弟：

『傑作精選』可以不必註明出自何書、何報；我們又有賞析、導讀文字，只錄用某書某報的一二篇文章，不會和出版法牴觸，不用擔心。文章是您的，不是襲自他人，更沒問題。題目也會視情況再更動。

『歸園田居』以下三書，我都沒有電子檔；有空時請傳給我，好編入。

『歸園田居訴衷情』入選：小天使之歌、幸福在花海中邂逅、早春夜讀的啟示等三篇。

『生活小確幸』入選：母啊．食飽未、秋野入眼來、雨農．悲涼．憶、一年又冬風、調出快樂幸福湯、萬種風情總是春、牛車上的童年、庭院好書房、手洗衣物感觸多、媽媽：天黑了要回家、長髮為癌友等十一篇。

『生活裡免費的美好滋味』入選：冬日好風景、感謝您的閃光、徜徉在跑道上、春燕去且來等四篇。

以上凡三十五篇。在今後二－三年間，有傑作再加入。

林老師，二〇一五年一月十五日

鵬來感謝費心編選傑作

恩師：您好。

您為拙作精心的編排已收到。如此精準又費心的編輯，讓學生亮眼，很有一番文字鮮活的氣象，讓人驚歎。　恩師如此的功力與造詣，既快又準，精神充沛，充滿生命的活力，讓學生自嘆不如。很感恩　恩師這數十年來諸多的敦促與鼓勵。

恩師的創新和無限發想，才有師生書信合集（『魚雁往來見風義』）和拙文傑作精選集的出現，這需費多少心力，是學生難以想像得到的。如果沒有　您，這兩本書根本無法成形，更甭談說要出版了。

真的，能重新看到這四十年來的文學路，重新審視自己過去的諸多情懷、整理過往人生路，自是非常歡欣，也很難得。但，其實學生作品品質根本不值得　恩師如此費心的導讀和賞析，學生很擔心這是不是在浪費　恩師的青春和精力？尤其　恩師如此的忙碌和操勞，真過意不去。此恩，此情，學生難以回報。

茲再寄上三篇文稿，煩請　恩師潤稿。其餘日後再補。

敬祝

新年如意吉祥，闔家安康幸福

學生萬來敬上，二〇一六年一月二十三日

勗勉要有信心，拿出傑作來

萬來弟：

信和謄稿收到了；已各編入傑作精選集之中。最後三篇慢慢來，不急。天特冷，不只北部，雲林空曠，也一樣冷；尤其令尊要請他戴帽、穿襪子，有暖暖包或烘火爐。報載新北市有十八人冷走了。

傑作選，理當也由您提出最得意、認為寫得最好、喜愛的文章，再加入。屆時看字數限制，有需要再割愛幾篇，符合總字數即可；以後再傳給我。也許請弟妹瓊慈以公正讀者立場，選出您的傑作文章數篇；三十五篇之外的，亦可。

您太客氣了，您的作品真的好：有真誠感情，他人可寫不來；那麼多主編，會個個看走眼嗎？報社會給錯稿費嗎？您是值得的！要有信心。這一代也許不多，但千秋萬代，仍有許許多多知音讀者。我們放下無自信的心，只管去寫作，拿出作品來；這是葉石濤、李喬等大文學家要我們努力的話。加油！

林老師，二〇一六年一月二十三日

完成三篇傑作散文導讀與賞析

萬來：

傑作選，我慢慢整理、修潤與寫玩賞文字；大致已有三篇，附上，請看看如何？高見亦勿客氣。有時間把它編好，以做為來年您的六十大壽慶。

林老師，二〇一七年三月二十二日

鵬來同意三篇傑作的賞析方式

恩師：您好。

雖然只看到傑作精選集的三篇拙作，經過　恩師的修潤，真能感受　恩師點點滴滴細膩的心思，讓拙作脫胎換骨，甚為驚歎。

尤其那玩賞的文字，甚具畫龍點睛之效，比本文更精彩，值得細細品味；看了相當感動呢。學生實承擔不起，讓　恩師費盡心力，甚感歉意。

沒想到，學生的拙作，經過　恩師的修潤和評介，能有一番好風情；那種感覺是學生所不敢想像的美好。再次感謝恩師的成全和美意。

敬祝

闔家安康　吉祥如意

學生萬來敬上，二〇一七年三月二十二日

樂於做賞析、導讀工作

萬來：

今再初步完成兩篇賞析，請看看這樣導讀與玩賞好嗎？一面作，一面有好的觸發，覺得很快樂呢！

林老師，二〇一七年三月二十四日

傑作之內容，「現在也寫不出啊！」

恩師：您好。

恩師的來函已經收到，很感謝您費心的編輯。看著　恩師如此的詮釋著拙作，有點感動得紅了眼眶呢！尤其特別點出的一些段落，加以說明導讀，更讓文章生輝有趣，學生讀來特別有感，心生喜悅。

相信這本咱們師生再次合作的書，會是學生拙作中最耀眼的一冊，能沾　恩師的光彩，真幸運！現在學生的心思經過世俗和風霜的洗禮，不若過往的澄澈清明，學生懷疑，那些美妙的文辭，不是抄襲的就是仿作的吧！因為現在再怎麼也寫不出啊！

近日會再找時間增列一些拙稿，看　恩師評選是否適合。有一些文稿是這一兩年發表的，有幾篇　恩師也沒看過的。

再次感恩，謝謝　恩師的鼓勵和指導，辛苦您了。

學生萬來敬上，二〇一七年三月二十四日

「少年有少年的筆觸，成年有成人的智慧」

萬來弟：

文章有時靠靈感，神來一筆，境界全出；就在平時的漸修功夫。人會改變，是最正常不過的事。好文章出自己之手，即成永恆。少年有少年的筆觸，成年有成人的智慧，都好，都可貴。沒有今不如昔的事兒，勿自卑。

「向晚」，我還沒做到那篇，屆時會選一篇，或融為一篇您的傑作。

此本傑作精選集，希望字體大些，頁數較少也沒關係；所謂寧缺勿濫，才稱『傑作』。而且我要能體會出其妙處，才可以；不可亂寫亂溢美。在五十篇以下，太多傑作，文人多相輕，必會遭惡評。

林老師，二〇一七年三月二十四日

『農鄉散文家林鵬來傑作精選』大致編成

鵬來弟：

終於把您的傑作精選集編好了，奉傳給您做確認、調整或改易；這是您的傑作集，一切都由您做決定，老師只從旁建議。

關於書名，建議用「農鄉」，較為貼切和新穎。不用「田園」、「農村」等，因太俗泛。「鄉」，鄉野、鄉情、鄉親；故鄉、思鄉，都是此「鄉」：文學、文化、人情意涵，較濃。

總計四十一篇，七輯。每一輯或若干篇前，可安插圖像、照片。這樣，就有一百五十頁左右了。

如有出版社出版，當然最好，發行量大；否則，自己出版，印個一二百本就可以了，以後有需要再影印再版，很容易。老師最多只需要十本。

林老師於二〇一八年二二八前夕

目次

輯二、生命強者

輯三、面對新一代

輯四、愛屋及烏

輯五、別開生面

輯六、田園四季

輯七、親情招喚

輯一、戀戀故鄉園田

這輯，收有「為大地謳歌」、「掬一把清幽」等兩首詩、八篇散文。敘寫鵬來的故鄉雲嘉南大平原的田園景致與生活種種情調：有對土地、稻浪禾香、油菜花海，甚至夕陽、雨景與美濃瓜田的謳歌，童年追牛車、賽紙船的浪漫回憶。

一幅幅農村風情畫，展現在我們的眼瞼之前。

為大地謳歌

序曲

不放下身段，怎知大地的柔軟可愛？
不親吻大地，怎知泥土的芬芳迷人？
不拿起圓鍬鋤頭，怎知人世間可貴的生命力？
不走上田埂農地，怎知阿爸阿母一生的辛苦？
我用腳探測土地的溫度，用手丈量泥土的心跳
大地啊　大地　我的母親之地　我的愛

插秧

薰風微微　微微薰風
吹過寬闊的嘉南平原
吹過站在田埂上的我
望一望　我的田

如那一隻隻優雅覓食的白鷺
機器來來回回不歇息
轟隆的運轉聲　唱著大地之歌
只為讓一捲捲的翠綠
鋪在波平如鏡的泥田中
為這期稻作種下生活的希望

巡秧

島嶼陽光輕灑在身上
邁步維艱的踩在軟土裡
田水的冷暖　我心明白
每次低頭彎腰，目視大地
向綠色生命吟哦　虔誠禮敬
每踏出腳步　讓我謙卑學習

施肥

質樸生活的道理就在
一行行的揮掖，無關乎心情

負重的腰痠　讓我體悟
挺起寬厚的胸膛，瀟灑自在
在欣欣向榮的綠秧中
不必懷疑，看得更高更遠

巡田水

在水聲潺潺中，聽到生命成長的吐納
汗水分不清白天或黑夜，總要為自己
拾起卑微生活的尊嚴
田水分不清白天或黑夜，總要為大地灌溉
成為稻苗生命的活泉
感謝大地之泉，源源不斷的奔流
灌溉乾涸的田地，永遠不知有淚

鉛筆與圓鍬

同樣都是工具，一小一大
老師說要認真寫字，字才漂亮
老爸講要用心耕田，田才豐收

求學時期，小支的在作業簿塗鴉
無心無知只求混過一天，真歡喜
中年時期，大支的在泥土上揮舞
有心有知卻已力不從心，阿娘喂

鋤頭

從老爸粗糙的手中，接下堅硬的鋤頭
他耐心的叮嚀，幹活要認真實在
老天才會疼惜我們
揮舞上田工作的鋤頭
也揮舞大地的春天
和未來的希望

割稻

因為老天垂憐，才能風調雨順
因為每位農夫　不顧風霜雨露
才有每一穗稻穀的金黃和豐盈
我又站在田埂上，望了又望

轟隆的機器採收聲　聲聲入耳
金黃稻穀一車車的送繳農會
生活有了保障，日子總算無憂
感謝大地的無私　感恩母地的厚愛

（二〇一五、七、八，金門日報副刊文學）

【導讀與玩賞】

認識我的作家學生鵬來（林萬來）超過四十年，知道他很少寫詩；但一寫，必出佳品，我們看這一首「為大地謳歌」和下一首「水稻之歌」，就是明證。因為是短章作品，且引來做散文傑作精選集的開場，讓詩、文並茂，也減卻散文較長篇幅給予讀者的壓迫感。

「為大地謳歌」詩，是鵬來作為一位農鄉作家，了解土地，熱愛鄉土，長年寖饋於斯，所發出的讚歎。詩分插秧、巡秧、施肥、……割稻等七小節，另有開場的「序曲」。

插秧、施肥、巡田水、割稻，是農作的順序，他親持種稻工作，每一句都是生活的寫照，體會之深，不在話下。而「鉛筆與圓鍬」和「鋤頭」二節，則旁出議論，傳承長輩的耕耘哲學，並非離題。

開場的「序曲」，劈頭四則反向疑問句：

不放下身段，怎知大地的柔軟可愛？
不親吻大地，怎知泥土的芬芳迷人？
不拿起圓鍬鋤頭，怎知人世間可貴的生命力？
不走上田埂農地，怎知阿爸阿母一生的辛苦？

旨在呼籲親近泥土的必要，逼出末二句的結語來：

我用腳探測土地的溫度，用手丈量泥土的心跳／
大地啊　大地　我的母親之地我的愛。

水稻之歌

我用雙腳檢視大地
我用雙手閱讀綠意
一畦畦的水塘
一叢叢的翠綠
讓我渾身舒暢
讓我優游自在

春風吹來歡唱的號角
歌頌大地的精彩
看她們排列整齊
接受點兵
她們以婀娜多姿的身影
歡樂以對

白鷺鷥優雅的造訪
身影輕盈的離開
一波波的水紋
洗淨伊們的身軀
與春風一起欣賞
藍天白雲
與大地之美

（二〇一六、八、十五，金門日報副刊文學）

【導讀與玩賞】

翠綠的水稻鋪滿大地，春風來閱兵，各個稻叢婀娜，活活潑潑、高高興興的活在那兒，英姿搖曳，一片勃發。

這時，白鷺鷥也來湊熱鬧，在春水中沐浴，在跌宕的春風中飛向藍天　白雲，……；背景是一大片一大片的水田　綠地！

幸福，在油菜花海中邂逅

每當看到那一大片的油菜花海，盛開在我嘉南平原，就感覺天空突然開闊起來，天色突然亮了起來，彷彿天天都是天藍。但，過完元宵沒幾天，附近的田野，竟已是一畦畦的水田，一幅幅春耕圖已映入眼簾。而過往一層層滿地金浪湧動的黃花，幾乎是同時間在眼前消失殆盡！令人有點措手不及。

回想去年十一月起，田野中，大大小小塊的田地，穿起一片片碧綠的衣裳；也彷彿一夜間，耀眼的一片片金燦燦的油菜花，排山倒海的流洩在眼前，令人不敢直視；過了十幾二十天，才逐漸適應眼前狂野的燦爛光景。每天上班，都會經過田野一片又一片的花海，心情特別舒爽，直想吹起口哨來。

從早年至今，崙背鄉親和我家，幾乎年年都種油菜，作綠肥用，增加土壤養分。但它的葉子、菜心和花瓣鮮嫩，營養豐富，炒起菜來特別香甜可口，所以也可採食，或送到市場販售。每年秋收季節一開始，老農不約而同的種油菜，農會也會給農家一些購買種籽的補助。只要灑下種籽，不必費心照顧，更不必施肥、灌溉，翠綠的油菜兩週就可長起來，不到一個月後，就能開花開成一片片的花海。

我深覺油菜花樸實無華，沒有國色天香，更不是雍容華貴。花是帶著泥土香味的，是與農民感情相繫相隨的莊稼花。雖然油菜花沒有風姿綽約的形體，色澤也單調；然而，每當秋風拂來，彷彿就在一夜之間，天地變得亮麗起來：黃色的浪潮鋪天蓋地而來，有如黃金海洋的鮮亮熱烈。就這樣，在單調的秋收後的廣闊土地上，喧鬧起來；招蜂引蝶的飛舞景象，是那樣的悅人心目。那種壯觀氣勢和生機無限，怎不讓人心眼震撼？怎不令人想要向寬闊的田園大地吶喊？

婚後，攜妻子回雲林老家，兩個小女生陸續出世。每年油菜花盛開的季節，全家總要一起走在村莊盡頭的花田裡；不管是自家人或是村人的田地，我們都會身著鮮豔紅裝，踩踏到花田中間，擺著各種姿勢，照相攝影；那種等待是快樂的、是幸福的，時間就靜止在那一刻間。在照片沖洗出來之後的品頭論足，添增平淡生活的一些閒趣，也凝聚一家人的情感。

油菜花影也歡唱著我的童年。我們放學以後，在油菜花的田埂上放風箏、奔跑嬉戲；在金色的花海中，不時傳出童真爛漫的笑聲。在藍天白雲的襯托下，金黃色的花海綿延，一望無際，生機蓬勃；漫步其中，彷彿自己是一位天地間的大富豪。

如今，無論走在哪裡，每當我看到油菜花，都會一樣的興奮，怦然心動的想要與家人共享，歡心的拍照留影。不僅是花田的綺麗壯觀，那溫暖著人間的金黃色彩，是那樣無私的奉獻。這時，幸福滿溢的情懷，感動著自己，也在那瞬間，把我的思緒帶回魂牽夢繫的童年過往，再次的享受著田園油菜花海的清香。

（二〇一一、三、十七，青年日報副刊）

【導讀與玩賞】

由童年起至今近六十年，「一層層滿地金浪湧動的」油菜花田，就佔據著作者的心，「無論走在哪裡，每當我看到油菜花，都會一樣的興奮，怦然心動」，幸福洋溢。

鵬來描寫油菜花，非常生動、傳神，他這麼寫說：

> 每當秋風拂來，彷彿就在一夜之間，天地變得亮麗起來：黃色的浪潮鋪天蓋地而來，有如黃金海洋的鮮亮熱烈。
>
> 就這樣，在單調的秋收後的廣闊土地上，喧鬧起來；招蜂引蝶的飛舞景象，是那樣的悅人心目。那種壯觀氣勢和生機無限，怎不讓人心眼震撼？怎不令人想要向寬闊的田園大地吶喊？

在臺灣，賞花成為一種時尚，所以春天的波斯菊、櫻花、魯冰花、桃花……，都熱鬧喧騰一時。而秋天，則是油菜花的天下；它兼有提供蔬食、綠肥和賞美三大作用。在鄉間更是常見，是秋天大地的寵兒，備受男女老少的喜愛。

鵬來此文，還連結起他的童年與二女全家的幸福，使文章更見出境界：

我們放學以後，在油菜花的田埂上放風箏、奔跑嬉戲；在金色的花海中，不時傳出童真爛漫的笑聲。在藍天白雲的襯托下，金黃色的花海綿延，一望無際，生機蓬勃；漫步其中，彷彿自己是一位天地間的大富豪。

攜妻子回雲林老家，兩個小女生陸續出世。每年油菜花盛開的季節，全家總要一起走在村莊盡頭的花田裡；不管是自家人或是村人的田地，我們都會身著鮮豔紅裝，踩踏到花田中間，擺著各種姿勢，照相攝影；那種等待是快樂的、是幸福的，時間就靜止在那一刻間。

牛車上的童年

我家的三合院前，停著一部四十多年前的骨董牛車，兩個車軸鐵製部分已有些斑駁銹蝕，牛軛也已毀損。牛車上的木板雖然有一、二塊已經脫落，但大部分依然完好，所以成為數位鄰居孩童的大玩具：他們總是在那兒爬上爬下的，圍著它跑來跑去，捉迷藏，甚至爬上牛車，在車上用木劍廝殺起來，童聲吶喊，顯得非常熱鬧。而大人們偶爾也坐在上面，聊天說笑談八卦，把農村的俗事暫拋一旁。恬靜祥和村居的氣氛，不禁讓人憶起我們家的那段牛車歲月。

早年甚少有機車，腳踏車之外的交通工具便是牛車。我們一家人曾經和許多人家一樣，一起搭牛車，一路朝聖般的往媽祖廟前去。那個年代，坐上牛車，是最高級的享受，也是貧困孩童生活樂趣的想望。每次鎮上的媽祖生日，許多載著全家人的牛車，便絡繹不絕的行走在石子路上，一時熱鬧非凡，成為當年的時尚。

讀國小時，每個週末下午和週日，全家人常坐上牛車下田。父親也順便將一些農具像肥料桶、農藥桶和肥料等，一起載運到田間的工寮備用。一行數人和牛兒一起邁步在鄉間小路上，有說有笑的，滿心歡喜，好像是要到田裡野餐似的。離家兩公里的田裡，路程不遠，但也需要半小時的車程。坐在牛車上，雖然有時會有些顛簸，身體也隨之一搖一晃的，但那種全身按摩的感覺，頗有一番趣味！

兩旁都是三十多年的老木麻黃樹，陽光透下一圈圈的樹影，灑落在牛車上，有一份清幽之美。一晃眼的時光，屁股尚未坐暖就到田裡了。

春夏之交，鄉野兩旁的農作，蔥蘢盈眼的綠意，一畦畦的稻子已有半人高。一路望去，甘蔗、高麗菜、綠花椰、花生叢，以及結實纍纍、紅通通與脆綠交雜的小番茄等等，數也數不盡。以農業為正職餬口的老爸，照著農民曆的時序耕作，沒有晴雨之分，他們是真正的大地之子！

抑遏不住心中的童心，工作勞累時，躺在牛車上看藍天和悠悠變幻的雲彩，感覺精神舒坦多了。拔除田間的雜草和看顧牛兒吃草的工作，剛開始的新鮮感是一種美好；但久而久之，就視「作田」為苦差事了。

一綑綑鵝黃、脆綠的牧草，是養牛的好食物；買來的豆餅飼料、自製的乾料和甘藷簽，也是牛兒愛吃的。牛兒堅毅刻苦的精神是我們一家人的倚靠，因此我們都很疼惜牠，以及和牠共處

的時光。父親最善待牠，已把牠視為家中的一份子，每早一定先餵飽牠，再做其他事。因為牠養活我們一家人；不吃牛肉，變成我們一家人的共識與默契。

牛與牛車已逐漸消失在農莊，只能偶爾幸運的看到農耕的機械——鐵牛車搬運著牛兒，心中有一份親切感。而今，我們再也聽不到老農駕駛牛車的吆喝聲、看不到牛車逶迤而行的緩步歲月，似乎代表著質樸年代逐漸遠去。

一陣陣的嘆息聲，再也喚不回純真無憂的童年……。牛車載送著我的童年，也載送著一家人的歡笑，彷彿在吟誦著一首首的詩歌，令人感懷不已。

（二〇一二、十二、十二，馬祖日報鄉土副刊）

【導讀與玩賞】

牛車歲月話童年，只有在三／四〇年代出生的孩子，才有這樣的福份。鵬來就是這麼幸運，靠牛吃飯，貧苦度日；他不以為苦，反而能寫出其中的樂趣，像說：

那個年代，坐上牛車，是最高級的享受，也是貧困孩童生活樂趣的想望。每次鎮上的媽祖生日，許多載著全家人的牛車，便絡繹不絕的行走在石子路上，一時熱鬧非凡，成為當年的時尚。

這是何等難能可貴的藝心文情！

本篇由鄰居小孩來家玩骨董牛車寫起，帶入自己的牛車童年，甘甘苦苦，在筆下都活生生的：坐牛車慶媽祖生、全家下田、躺在牛車上看藍天白雲……，都是令人耳目一新的經驗。尤其對主角「牛」的愛護：

一綑綑鵝黃、脆綠的牧草，是養牛的好食物；買來的豆餅飼料、自製的乾料和甘藷簽，也是牛兒愛吃的。

真是知牛、視牛如親了：這，也是捧讀此篇給讀者最大的啟發與獲益之處。

紙船印象

在童年印象中，最饒富生機，也充滿情趣的遊戲，便是摺紙船、玩紙船了。那段童年的快活記憶，好似一彎潔淨清泉，無時無刻的流盪在我的心海中……。

我曾折過許多各種顏色、形式的紙船：在大雨滂沱的日子裡，拿出一張長板凳，把不要的廢紙拿來，一個人或三兄妹坐在低矮簡陋的屋簷下，把一艘艘大小不一的紙船做出來，然後便等候雨停。有時候雨不大，遮著父母親的斗笠，便往農舍旁的小水溝行去。在那幼時的雨後時光，天空靚麗，乾淨已洗，心中有說不出的歡愉，快活的心境隨著行遊的彩色紙船，行向無可預知的河流，無可知曉的未來。

常在做紙船的時候，看著天空飄下的雨點，似朵朵花兒，開在朗朗透亮的天空下，也開在童年無憂無慮的心窩裡。手摺紙船，耳聽雨聲淅瀝，以及水珠滴落簷下的聲響，世界的節奏頓時明快起來，不自覺的，紙船便摺得更快些，更高興的心情盼望著雨歇，好讓紙船帶我去陌生而有趣的世界。

雨後，在農村的排水溝幾乎滿水位時，大夥兒爭先恐後地把自己的紙船拿出來獻寶。大大小小的紙船在不寬的、充滿泥水的溝中，一線排開，開始下水競技。那水流因水溝的彎曲，或急或緩，或大或小。只見紙船或比肩齊步，或互相爭逐，或似一艘艘戰艦，又如萬馬奔騰，即將展開一場戰鬥。

我的童年聲響，或狂言亂語，或急叫呼嘯，盪漾在無邊無際的空曠農村裡。那時赤腳狂奔的熱絡景象，以及心中得到的滿足快樂，是真實而豐碩的。雖然紙船常因行經路口的水泥洞口而沉沒，或因摺的技術欠佳，或因潮濕走不到幾尺即傾覆，可是童年的紙船印象卻是鮮明而深刻的！

童年舊事歷歷在目，那浮現的紙船印象，在飄泊歲月裡，仍然給我諸多的震撼，豐富我貧乏的童年生活。而我，始終期盼著自己能像紙船般無憂的前行，去尋覓可以停泊的港灣，那麼生命便可以無憾了。

（一九九〇、九，漢清出版公司『人在千山外』）

【導讀與玩賞】

早年，臺灣經濟仍待起飛，國窮家貧，農鄉子弟哪有玩具？紙船就是最好的玩具！一張紙，最好是色紙，就可以摺成紙船，漂流「四海」。雨天摺紙船時，令人有深深的期待：

> 世界的節奏頓時明快起來，不自覺的，紙船便摺得更快些，更高興的心情盼望著雨歇，好讓紙船帶我去陌生而有趣的世界……。

雨停之後，放流紙船，那才是遊戲的重心：

大大小小的紙船在不寬的、充滿泥水的溝中，一線排開，開始下水競技。那水流因水溝的彎曲，或急或緩，或大或小。只見紙船或比肩齊步，或互相爭逐，或似一艘艘戰艦，又如萬馬奔騰，即將展開一場戰鬥。

這時，作者的心情high到最高點：

我的童年聲響，或狂言亂語，或急叫呼嘯，盪漾在無邊無際的空曠農村裡。

文中這第三、四、五段的精彩，是其他類似散文所罕見，真真難得！文末，鵬來更訴說著自己的期許：

而我，始終期盼著自己能像紙船般無憂的前行，去尋覓可以停泊的港灣，那麼生命便可以無憾了。

這篇，收在鵬來的第一部散文集『人在千山外』。在文壇上初試鶯啼，就有這麼出色的傑作，筆者賞讀之餘，激發為他編賞傑作精選集的心志。

不如歸去

拋卻北城的繁華，回返育我成長的南鄉母地。

故鄉崙背莊稼的收穫鋪陳在眼前，一穗穗散發著青春氣息、閃耀金黃的玉米，使我備感喜樂。看到那種植農作而有所收成的親戚鄰居，真替他們感到欣慰，一季的辛勞終於有成。

每次歸鄉省親，一大清早，牛車及拚裝車群載著一大群的莊稼漢、村姑及村婦，穿過晨曦，穿過一層層的薄霧，開始一天的辛勞工作。他們無怨無悔，帶動農村生活的奇蹟，使我心生感動。多年來的異鄉飄泊，早已遠離農事；然而，生命根源中仍蘊含著農家子弟的純然本色；我，以此為傲。

常在庭院踱步，看著自家和鄰人相繼將甘藷籤灑散在柏油庭院上曬，純白無瑕的細條與黝黑的地面相映襯。那段貧困的童年生涯，甘藷籤、甘藷塊拌飯，甘藷菜當主菜，鹹蘿蔔和豆腐乳為佐菜的歲月，頓時浮現在腦海，心中感受良深。而今，連不太富裕的小康家庭也能吃到白米飯，不少的鄉親出外也以小汽車代步，生活的確改善很多。

長在嘉南平原這一塊塊一望無際的田野上，不論何種季節，原野一片翠綠，心胸舒坦不少。偶爾假期，回到這塊自由的綠色天地裡，我總會一面高歌，一面樂以忘憂的彎腰工作著；也許是耕作自己田地的緣故，自己和自己比，生活有份悠然自得的感覺。

數十年來，那兩塊父親從年輕到年老用汗水與心力拚搏購買的田地，他是最忠誠的耕耘者和守護者，陪伴我走過人生的少年路。想起他樸實無華的生活態度，認真踏實的賣力工作，身為人子常常感到汗顏。那曠野，只有稀稀落落的幾人在工作著，他們時而埋首，時而仰首青天，看看綠野，伸伸累壞的腰身。牛隻的身影在這個寂靜的村子是越來越孤單了，機械化的大鐵牛（耕耘機）、小鐵牛的機械聲，掩蓋了牛的鳴叫聲。田野裡的牛車已愈來愈少見，連牛和牛車的造型也要到文化中心才得以見到；新舊景物踏著時代的巨輪不斷地更迭！

一大片的寬闊土地是白鷺鷥的故鄉，也是牠們遨遊的天地，隨處可見牠們雪白純潔的蹤影；或成群展翅翱翔天際，低飛的姿態更是迷人；或散落停駐在木麻黃的樹梢上；或漫步在剛插秧不久的水田上覓食。我倘佯在這清新無染的空氣中，就像啜飲著天賜的甘露，滴滴清純的美好，自認這是返居鄉間最好的福分。白鷺鷥選擇青山綠水，無垠的寬敞大地就是牠們的家；而我，卻得在狹窄的都城生活空間中飄泊，吸著污濁不堪的空氣，忍受溼寒的氣候，以及一聲又一聲原鄉情懷的呼喚。

在故鄉，沒有高遠不及的夢，心靈更不必承受風雨摧殘，看著熱情的鄉親，念著他們一聲聲問候聲及句句叮嚀，我不禁低聲問自己：為什麼要在異鄉自我放逐呢？回來吧，飄泊無根的靈魂……。

【導讀與玩賞】

在異鄉飄泊數十年，說沒有「日久他鄉變故鄉」的「墮落」，是騙人的；但，一旦想到要結束飄泊，卻又舉棋不定，像足了古中國晉人陶淵明賦歸田園前的心境。本篇就是鵬來一九九五年，在北臺灣飄泊十五年後歸園田居前的心靈寫照；由末段盡情的宣洩著：

在故鄉，沒有高遠不及的夢，心靈更不必承受風雨摧殘，看著熱情的鄉親，念著他們一聲聲問候聲及句句叮嚀，我不禁低聲問自己：為什麼要在異鄉自我放逐呢？回來吧，飄泊無根的靈魂……。

對於故鄉舊園的呼喚聲聲催，鵬來有許多篇作品一再訴說，而以此篇下述各段為代表：

故鄉莊稼的收穫鋪陳在眼前，一穗穗散發著青春氣息、閃耀金黃的玉米，使我備感喜樂。長在嘉南平原這一塊塊一望無際的田野上，不論何種季節，原野一片翠綠，心胸舒坦不少。

接著，鵬來以父親終身守護農園，和自己的浪跡天涯，對比出自己的無奈，甚至無法分勞的「不孝」，連白鷺鷥都不如：

白鷺鷥選擇青山綠水，無垠的寬敞大地就是牠們的家；而我，卻得在狹窄的都城生活空間中飄泊，吸著污濁不堪的空氣，忍受溼寒的氣候，以及一聲又一聲原鄉情懷的呼喚。

最後，他終於下定決心，攜手新婚三年的老婆，和幼女，毅然回歸故園，實在有些悲壯！

夏日・平原・夕陽

夏天嘉南平原落日的美，有別於其他季節。太陽在走完一天的路程之後，是否也累了？

由城居回返故鄉嘉南平原，上田耕作的這段日子裏，我沒有一次是在落日前返家的。尤其夏季，午後悶熱難當，所以都是下午兩點半以後才上工，工作到天黑才罷休。日落之後，天色仍然大亮，直到天光已失，仍有一段工作時間；那段時刻，沒有陽光，涼風習習，是最好的工作時段。

那枚碩大的橙黃夕陽，在廣闊的平原上緩緩落下；這時，每一刻都不一樣的彩霞，籠罩著眼前的西天，這般的寬闊無涯。只有在這毫無遮攔的平原上，才可以見識到這又大又美，如瓷盤般的落日。

我喜歡在工作勞累之餘，坐在田埂上或田角邊，欣賞片刻的落日。只要不是天候不佳，每天都可以看到那枚落日。在那段時刻中，正像在品嚐一道佳餚，接受一次饗宴，每一次都是心靈的洗禮；身體操勞之後的輕鬆，心情感覺特別平靜。尤其是大地呈現一片寧靜與祥和，鳥兒吱喳地群集樹梢，蟲聲開始鳴唱：一切都是如此自然而和諧，映照在心湖上的，是像桃花源的勝境。久居都城的人，如何享受到如此這般的奇景？

日落之前，天色變幻不大；但，在將落未落時，雲霞千變萬化，就連夕陽的位置和大小也變化無窮，彷彿是在鼓其最後的餘勇，再現神奇於世人眼前。夕陽的無限美妙，是一天中最美麗照人的；收其威猛的熱線，展示她迷人的嫵媚光輝，不再逼人，反而使人留戀，再想多看她幾眼。

工作一天之後，踩著落日的餘暉回家，那是心情最溫馨的時刻。每位上田工作的人，在臉上都帶著一朵微黃的彩雲回家，包括一枚美麗的橙黃落日，在心底。

（二〇一六、五、二十二，中華日報副刊）

【導讀與玩賞】

一年到頭常見的夕陽，古今台外雖然也有不少作品描繪，但佳構不多：或失之太短，或是失之純粹寫景描摹，很少有情景交融，活出落日的性格與作者的心境的。因此，鵬來這篇散文，就更加珍貴了。

首段就把太陽擬人化了：他走了一天，尤其夏日更長，會累了吧？像人一樣。但，夏陽的累，並不快速回去休息，而是：

> 收其威猛的熱線，展示她迷人的嫵媚光輝，不再逼人，反而使人留戀，再想多看她幾眼。

尤其是在臺灣最大平原上的夏天落日，更令人稱奇：

> 那枚碩大的橙黃夕陽，在廣闊的平原上緩緩落下；這時，每一刻都不一樣的彩霞，籠罩著眼前的西天，這般的寬闊無涯。只有在這毫無遮攔的平原上，才可以見識到這又大又美，如瓷盤般的落日。

而此時也正是作者投入其中，與夕陽共生同樂的時辰，鵬來說：

我喜歡在工作勞累之餘，坐在田埂上或田角邊，欣賞片刻的落日。……在那段時刻中，正像在品嚐一道佳餚，接受一次饗宴，每一次都是心靈的洗禮；身體操勞之後的輕鬆，心情感覺特別平靜。尤其是大地呈現一片寧靜與祥和，鳥兒吱喳地群集樹梢，蟲聲開始鳴唱：一切都是如此自然而和諧，映照在心湖上的，是像桃花源的勝境。

難怪傍晚每位農人臉上，都帶著金黃彩雲和夕陽，回家去了……。

傘外的天空

我喜愛站在古老的窗前，傾聽磅礡的雨聲自四方響起，樂看傾瀉而下的雨滴，那種氣勢，隱然存在著一股無法測知的神祕力量。那自遠古的天邊破空而來的雨點，似乎在訴說著故事，感動著你我的心靈，讓你我回味過去，瞻望未來。

有天夜裏，我們安靜的在教室裏聆聽老師講課，四周沉寂，時間的流動，隨著老教授低沉的語調而幾近停滯；突然，雨聲帶著一股快節奏的響板，以一種奔騰之姿凌空而來，穿過長廊，飄動在我們上課教室的木板窗前；劈哩啪啦的大雨聲，時光也被激盪的飛揚起來。老教授的嗓音便與雨聲交融在一起了，聽雨、想雨，變成一種音籟與清心的享受。那時，我的心緒越窗而出，隨著雨滴的呼喊而奔向另一方天地。

下課時，同學們聚集在窗邊聊天，而我卻別具詩意與深情地，凝視著揮灑而下的雨點。在銀色燈光的照射下，雨的瀟灑與坦然，交織著一絲絲、一圈圈的美感。我靜下心來，感到四周變得寧靜而清寂起來。我踏過眼前的門檻，了悟歲月長河所留下剝蝕的痕跡，品味著曾讓光陰淘盡過的丰采與光輝。層層閉鎖的情感，緩緩的展開，古老的故事隨著雨的弦音迴盪，不斷地流轉。令人低迴的情思喲，越過歷史長廊；朦朧的煙雨喲，激起心中的一分思情。往古的蒼勁，是一頁活生生的歷史，不由得從心底讚歎，引發思念之幽情。

雨飄動在夜空中，把大地披上一層詭祕，尤其是五顏六色的燈影，彩繪在生命的天地上，顯得豐碩而冷豔。它們兀自在黑夜裏呢喃，只為織起一片更迷離而多彩的錦繡世界。雨啊雨！你竟如此的撩撥著我的心弦。那一粒粒珠圓玉潤的音符，似響自湮遠的年代。而生性憂鬱的我，心頭就像一幅被藍色渲染的水彩。

看著傘下的儷影雙雙，「初戀」那種酣美如醇酒的記憶，就在那紅磚的人行道上洩了一地。不善於戀愛，更不善於處理失戀的情緒，那一段令人產生灰黯的慘澹歲月，回溯起來的苦澀，竟也心弦悸動，不能自已！

有雨的日子，心緒也跟著陰黑的天空一樣，尤其是冷鋒交雜著雨絲姿意飄盪下來，心海的浮沉益令我輾轉難眠。有雨的季節，常令飄泊的旅人更顯單薄和無助。

我不否認雨天帶來思緒，我常利用雨聲來整理散漫的人生瑣事。把終日面壁斗室的苦澀，和心頭的迷霧趕走。站在高樓，雨絲風片的輕柔情調，使我像一名浪漫多情的詩人；遠近街燈的光影，似在絮絮低語，我因而有了美麗與悠閒的情懷，去品嚐雨夜的種種。

陰雨季節，是天地的造化，帶給人不一樣的思路。且讓我在陰雨的日子裏，把塵俗的心緒收起，讓雨水洗滌和灌溉後，再去面對明日的璀璨陽光，昂首出發，開拓生命的另一條路，走向生活的下一個驛站。

（二〇一六、三、十三，青年副刊）

【導讀與玩賞】

鵬來慣於因小見大，把尋常的小事物寫得神靈活現，不尋常極了。雨，下雨，遇雨，生活中多麼尋常的經歷，此文卻能寫得多美多好，多深刻！

文章一開始就不平凡：

那自遠古的天邊破空而來的雨點，似乎在訴說著故事，感動著你我的心靈，讓你我回味過去，瞻望未來。

下文就順著「回味過去」和「瞻望未來」二條線進行。前者多，為主，試看上夜間部課的聽雨經驗：

突然，雨聲帶著一股快節奏的響板，以一種奔騰之姿凌空而來，穿過長廊，飄動在我們上課教室的木板窗前；劈哩啪啦的大雨聲，時光也被激盪的飛揚起來。

在銀色燈光的照射下，雨的瀟灑與坦然，交織著一絲絲、一圈圈的美感。我靜下心來，感到四周變得寧靜而清寂起來。我踏過眼前的門檻，了悟歲月長河所留下剝蝕的痕跡，品味著曾讓光陰淘盡過的丰采與光輝。層層閉鎖的情感，緩緩的展開，古老的故事隨著雨的弦音迴盪，不斷地流轉。令人低迴的情思喲，越過歷史長廊；朦朧的煙雨喲，激起心中的一分思情。

能的：鵬來能寫急雨的快節奏，也能寫雨夜的美感，更寫出雨夜了悟的人情、世情，這是他人所罕

歲月長河所留下剝蝕的痕跡，品味著曾讓光陰淘盡過的丰采與光輝。層層閉鎖的情感，緩緩的展開，古老的故事隨著雨的弦音迴盪，不斷地流轉。令人低迴的情思喲，越過歷史長廊……。

美濃瓜情濃

在異鄉工作，有一天同事阿亞，拿來兩個美濃瓜。……那甜得像蜜的瓜汁，經過喉嚨，流入肚裡，甘美的滋味久久不去；使我想起那一季從事栽培美濃瓜的往事。

在那炎炎又長長的夏日中，我們不孤獨，也不寂寞，因為有燦爛陽光的陪伴，還有每天都在生長的瓜藤，……。放了暑假，我迫不及待的背起行囊，踏上歸鄉的路。這一季田裡要栽種美濃瓜，在我未返鄉前，一家老小已開始忙碌了。

那天，出動鄰居十來人幫忙，成人負責每棵間距的測量、挖淺洞，放沙土和施肥。小孩負責放瓜種和稻穀殼——雨天時瓜種才不會被沖走。整整忙了一上午，才把五分田地種植完成。接著引水灌溉。在十天內，每天都要澆水一次；這是例行工作，我的田園生活也從此開始了！

迎接旭日，踏著晨曦的輝光，踩著腳踏車，腳板輕觸著牛車道上的野草，心頭一陣陣的沁涼。看著瓜田裡一行行的瓜苗，萌出了芽，一小片一小片的嫩葉子帶著青綠，在心底湧起了希望。葉子兩片、四片，……。隨著歲月的流逝，葉子越長越大，也越來越翠綠，每一片都閃耀著夏日金色的陽光。

當瓜藤成長到約一尺左右，就要在泥土上鋪上稻草，保護將出生的小美濃瓜不致沾土腐爛。頂著滿天的烈陽，父子三人忙了幾天才完成，也鬆了一口氣。每天帶著痠痛的背脊回家；比起父親，我可說工作的少，休息的多，心中十分抱歉。父親已年屆六十，仍然工作得很起勁，老而彌堅。

摘美濃瓜多餘的藤芽，是每天少不了的工作，地上總共有十三行，一天下來只能做一半，兩天才可完成。但隔不了幾天，已摘芽的瓜藤又向四周生長，所以必須再摘除，才能生瓜。而有些瓜藤爬行到行列旁的水溝裡，也必須撿拾到行列上：這些瑣事很重要。此後，差不多每隔一週施肥一次，噴一次農藥，希望它們長得又快又好。

才不過二十多天，整片瓜田充滿了鮮綠，一片生機勃然；由於天氣一直晴朗，小美濃瓜快速的出生和長大。歲月的腳步就是成長激素啊！那些日子，每天一大早就出門，到田裡找小勺子，從瓜行中的小水溝舀起一瓢瓢的水，小心翼翼的澆灌在這些瓜苗旁，直到旭日東昇，火球漸大。

在鄉野中的這些清新綠芽，像一群稚氣的小孩，仰著蘋果般的臉頰，熱切等待一份真摯的愛。不禁回想起自己，也曾似那小小嫩嫩的瓜苗，一年又一年，父親不辭辛勞的澆灌我們，澆一串串希望，灑萬滴的熱情，費了他多少心血！

如今，我愛上日漸茁壯的苗兒，也愛這一份照顧的園丁工作。綠茸茸的瓜藤上，連接著分歧成長的瓜葉，在風中搖搖晃晃，波浪似的前仰後合，像頑童般的發出一陣陣的譁笑。一朵朵的澄黃花兒，在一大片的綠絨中任意綻放，點綴得大地更新奇與美麗。一隻隻的小小喇叭，要對匆匆忙忙飛繞的蜜蜂，和蹦蹦跳跳的小蟲，吹奏著快樂的頌歌，吹奏出生命成長的喜悅。

當我無意中發現一顆已大的美濃瓜以後，每到瓜園就先去看它一眼。此時，開始有數不清的瓜果冒出頭來，都在比賽似的搶著長大。父親巡視瓜行間返回，跟我說：「大約在三、四天就可以採收了。」一聽到這句話，我身上的每一個細胞都在雀躍著：將可以採瓜，幾個月的辛勞終於有成了。

陽光照在父親鬢髮的汗珠上，看到他臉上的笑意更深更濃，過去的勞累一下子似乎完全消除了。父親找到兩顆碩大而白透的美濃瓜，用鐮刀割下來，拿一個給我，兩人一面削瓜皮，一面盤算著將來收成的價錢。蹲在田埂上吃著自己栽種的甜瓜止渴，真有說不出的快慰，兩眼俯視綠油油的瓜田，心中升起一股股的暖意。

今年採收的價格普遍不理想；去年種植的人較少，售價高達每斤十元，現在卻只有四元左右。父親搖頭嘆息說：「若售價再低些，便不夠成本，明年恐怕很少人會再栽種！」點出了農人的悲辛。唉！採摘瓜果的人工也不便宜，還有肥料、農藥錢，以及水電費和耕耘機的整地費用等，成本不低。大家的產期相近，數量太多、競相脫售，肥了採買商，真希望村里能建立合理的銷售制度。

摘瓜的那天，央請幾位鄰居、叔叔和堂兄嫂幫忙才完成。一大早，大家匆匆吃完飯，就往田裡跑。到達田間，各自分工，叔叔、堂兄嫂等數人採摘，父親負責將瓜果挑運到小路上，妹妹和兩位小侄兒整理清洗，我負責打雜：提水，和用水桶裝提刷洗乾淨的瓜果，送到小貨車上。採摘要有經驗，否則不成熟的瓜果重量不足，也難入口，造成浪費。成熟的瓜色澤淡青透白，口感綿密甜美，令人喜愛。

由於枝葉茂盛，又不好在瓜行中踩踏，所以他們都會準備一隻小棍子，撥開瓜藤和瓜葉，方便採摘成熟的瓜果。剛開始我沒有工作，便跟隨父親下田去挑瓜。第一次挑重擔，只敢挑半簍筐。一上肩膀的擔子，走起路來搖搖擺擺，好不容易才走到田埂上，肩膀有點兒痠疼。……把挑來的瓜果倒入清洗的大鋁盆裡。父親跟我說：「你還是去幫忙他們洗瓜好了！」父親從我手上接走扁擔、籮筐，逕自向瓜田行去。

太陽高照，斑駁的樹影灑在商人的身上，也灑在父親身上。「這些瓜好像小了一點，有的好像不太成熟！」商人仰首對著站在一邊的父親說。「這是頭次瓜，有些難免小了些，不過很甜，你隨便拿一個吃吃看！」父親一面拿著瓜遞給那矮胖的商人，一面繼續說：「太小不成熟的只是幾粒而已！」「那要賣多少？」「你出個價吧！」父親欣喜的說著話，臉朝著車上被陽光照到閃閃發亮的美濃瓜；他臉上的條條皺紋，在陽光篩下的碎影中，顯得更深。

「昨天，跟前村豐榮買的價錢是四元，而且比這些要好。你們這些也算四元好啦！」父親總希望有較好的價格，說：「這附近幾個村子種的瓜沒有我們五魁村種的好吃，所以很多商人都到這兒來買；你可以去打聽打聽，昨天這兒有人賣五元，最低價四塊半啦，少一角不賣！」商人聽父親的強硬價錢，頭也不回，就騎上機車要走，父親黯然的呆立一旁。在一旁的叔叔快走了幾步把商人攔住，問他：「那你多少錢能買？」這時商人停了下來，跟叔叔談了起來。叔叔走來與父親商談了一陣，說：「反正這裡有四千多斤，只差個幾百塊錢！」最後決定以四元三角賣出。

父親也沒說話，從口袋中拿出一包長壽菸，取一根給叔叔，一根給商人，這時商人臉上才有了表情。父親跟他說：「賣你這個價錢；要是賺了錢，希望你再來買。」商人把訂金給了父親說：「會啦！會啦！」騎著車子就走了。

縱然有時種莊稼賠錢，但是莊稼漢仍然繼續種植，期待下一季好收成好；因為田地乃是我們的根源，沒有這一塊泥土，生命何所寄託？生活意義何能展現？

如今的我，更能瞭解父親在長期歲月中，不眠不休地埋首自己的田園：他執持的是鄉土最誠摯的情懷、自強不懈的生活態度。

（一九八三、一，國語日報家庭版連載）

【導讀與玩賞】

鵬來是農鄉作家，小時就跟著父親做農，後來求學直到師專畢業、教書，又進修碩士學位，期間數十年，哪有寒暑假？他都是在田野中度假！如今，退休之後仍是代父耕作；因此，他的農鄉散文都是最深刻而翔實的作品，本篇就是。

這本是一篇連載的長文，為減除閱讀的壓力，試著留下最精彩的段落，但不影響全篇的魅力。本篇敘述某年夏季種植美濃瓜的寶貴經驗、字裡行間夾抒父愛，與對土地的濃情；這是本篇成功動人的三大優點：

……在耕耘機鬆土成列的土地上栽種瓜種，免去移植的麻煩。那天，出動鄰居十來人幫忙，成人負責每棵間距的測量、挖淺洞和放沙土，也有的施肥；小孩負責放瓜種和稻穀殼——如此，雨天時瓜種才不會被沖走。

當瓜藤成長到約一尺左右，接著要在泥土上鋪上稻草，保護將出生的小美濃瓜不致沾土腐爛。

摘美濃瓜多餘的藤芽，是每天少不了的工作；地上總共有十三行，一天下來只能做一半，兩天才可完成。但隔不了幾天，已摘芽的瓜藤又向四周生長，所以必須再摘，才能生瓜。

由於枝葉茂盛，又不好在瓜行中踩踏，所以他們都會準備一隻小棍子，撥開瓜藤和瓜葉，方便採摘成熟的瓜果。

為了賣個好價錢，父親和中盤商討價還價，煞費苦心：

父親也沒說話，從口袋中拿出一包長壽菸，取一根給叔叔，一根給商人，這時商人臉上才有了表情。父親跟他說：「賣你這個價錢；要是賺了錢，希望你再來買。」商人把訂金給了父親說：『會啦！會啦！……』騎著車子就走了。

作者除了種瓜的苦辛備嚐之外，悟出的土地之情委實更加可貴：

縱然有時種莊稼賠錢，但是莊稼漢仍然繼續種植，期待下一季的好收成；因為田地乃是我們的根源，沒有這一塊泥土，生命何所寄託？

而對父愛的體會，文中更是隨處而在，似是星光閃耀著：

在鄉野中的這些清新綠芽，像一群稚氣的小孩，仰著蘋果般的臉頰，熱切等待一份真摯的愛。不禁回想起自己，也曾似那小小嫩嫩的瓜苗，一年又一年，父親不辭辛勞的澆灌我們，澆一串串希望，灑萬滴的熱情，費了他多少心血！

父親巡視瓜行間返回，跟我說：大約在三、四天就可以採收了。……陽光照在父親鬢髮的汗珠上，看到他臉上的笑意更深更濃，過去的勞累一下子似乎完全消除了。

「你出個價吧！」父親欣喜的說著話，臉朝著車上被陽光照到閃閃發亮的美濃瓜；他臉上的條條皺紋，在陽光篩下的碎影，顯得更深。

如今的我，更能瞭解父親在長期歲月中，不眠不休地埋首自己的田園：他執持的是鄉土最誠摯的情懷、自強不懈的生活態度。

掬一把清幽

是那樣的自然，充滿一種心靈的悸動，每當我走過故鄉那一大片寬闊、葳蕤又蔥翠的嘉南平原時。聞著那流淌過來的綠野清香，彷若一股幽泉，淡然而又深刻的洗滌著我久別故鄉的浪跡心靈。

當清晨的露珠還帶著一股清涼沾在初醒的大地上，當雞群還喔喔的提醒著老農要上田的時候，大自然的生機在村里的巷道上，正傳播著一股寧靜、祥和又充滿朝氣的活力。而此時，天地間匆匆迎迓著剛甦醒的旭日，萬道璀璨的霞光正抖擻著精氣神，在晨曦中輝煌閃耀著，大小的村落，才漸漸地展現勤樸的熱絡。村民也挺起身子，用歡欣、坦然的胸懷，要面對嶄新的一天，認真幹活去。

每一條的田間小路，曾經印滿牛車的痕跡，表露著真誠與善意，願意接納你，與你握手，向你傾訴這一季豐收的故事。田園那種幽靜無華的坦蕩，顯現的芳美，和金陽滿地的情懷，表露出甜蜜與溫暖的觸感，都可任你徜徉和遨遊。

不論你來自何方，心緒是否冷漠、孤獨或鬱悶，它們都會給你熱情的歡迎，展開粗獷而豪邁的雙臂，包容你，擁你入懷，讓你在泥土的芳香中、綠野的清香中，體悟大自然的神奇與魅力，令身心沉醉。當你的苦悶一掃而空，你的精神讓你重生般的抖擻起來，像一個收穫滿滿的莊稼漢，永遠有一股不怕煩累的幹勁，日日充滿活力，進而忍不住地要學習這一群老農們，戴著斗笠，揮揮鋤頭，輕吟著一首愉快的「大地耕耘之歌」。

那是一種多麼愉悅又神奇的心靈洗禮，一場暢快的心靈之旅。認為寬闊無垠的藍空是我屋宇，大地的寬廣就是我的眠床。何其恬淡自安與閒適自得的瀟灑，淡而有味的生活情懷，何嘗不是人生要追求的至樂？

願你我都來掬一把鄉野的清幽！

（二〇一六、四、十五，青年日報副刊）

【導讀與玩賞】

這篇，簡直是散文詩，用字遣詞是那麼富有詩意，內容、意境更是詩的排場。

作者故鄉雲嘉南平原上青綠的稻浪清香，如一股幽泉；那鄉野的清幽，讓心靈悸動著…悸動著…。

清晨，展現大自然的生機：村民挺起身子認真去幹活兒；田間小路上印滿牛車的痕跡；稻禾也不落人後的吐露芬芳；老農們更是「全副武裝」，但卻輕吟愉快的「耕耘之歌」。

其實，全文只聚焦一個主題：鄉野早晨的耕鋤活動；但，他的筆觸、修辭和境界的表出，卻是充滿詩文學之美。試看：

> 每當我走過故鄉那一大片寬闊、葳蕤又蔥翠的嘉南平原時，聞著那流淌過來的綠野清香，彷若一股幽泉，淡然又深刻地洗滌著我久別故鄉的浪跡心靈。

這是總的介述農鄉的美好。

> 當清晨的露珠還帶著一股清涼沾在初醒的大地上，當雞群還喔喔地啼醒了老農下田，大自然的生機在村里的巷道上，正散播著一股寧靜、祥和又充滿朝氣的活力。

針對清晨農鄉的活力，老農是主角，露珠、雞群來陪襯。

田園幽靜無華的坦蕩，顯現稻禾的芬芳和滿地金陽的情懷。那祥和與溫柔的觸感，任純淨的心靈自由徜徉與遨遊。

寫晨曦中田園的氛圍，是那麼和柔，使人心暢快。

下段更顯現園田的另一面——廣闊包容：

他都會熱情的歡迎，展開粗獷豪邁的胸懷，擁你入懷；讓遊子在泥土的芬芳、綠野的清香裡，體悟大自然的神奇魅力，令身心沉醉。當你的苦悶一掃而空，你的精神讓你重生般的抖擻起來，……。

輯二、生命強者

這輯，收有「一雙黑布鞋」、「山野覓清泉」等四篇散文，寫鵬來的堅強面對生活的經驗：

「徜徉在跑道上」和下一篇「一雙黑布鞋」一樣，都寫到操場跑道；但，前者後幅轉而虛寫，直抒其人生的跑道；其中還描繪了臺灣的特殊樹種之美。

而「一雙黑布鞋」，則直寫與黑布鞋的因緣，以及它跟作者的種種情緣。

又：「浪捲千堆雪」之文，在寫服役外島海域時，矛盾而又勇敢的心路；讀來令人動容。

「山野覓清泉」一文，其實是鵬來散文內容的主調，時常出現：他常依違在城鄉、今昔、夢想與現實等之間，困惑著；也因最後找到了出路而希冀著。

這四篇的共同主題是：表現其生命力的剛強。

一雙黑布鞋

一雙黑布鞋，穿著它浪跡天涯，一晃就是一年多。記憶如潮水般地湧來，一陣陣地拍打在心靈的沙灘上。

半年前，在一次假期結束返回工作地時，在村里的候車亭，遇到一位長我四、五歲的青年。他問我是否退伍了？我說：退伍將近一年。他的眼睛突然盯到我腳上一雙黑布鞋上，笑著臉說：「你哪麼節省啊！已經在工作賺錢了，連鞋子也不肯買一雙？」我一時不知如何回答。他接著指給其他候車的幾個村人看，還告訴他們有關我的生活、求學情形，並說我是如何的節省和純樸，使我窘得臉更紅了。

說實在的，那雙黑布鞋並沒有錯，沒出我洋相，可是我也沒錯；錯在我喜歡舊東西。平日，舊衣服穿上一年半載的，沒破損仍然照穿不誤；破損後補了又穿，只求合適，心情舒暢愉快，就感到滿足幸福，並不太注意服飾的外觀。鞋子舊了，沒破損，依然穿著，從來沒有注意別人的眼光。總認為東西沒用壞，丟了可惜。當然，我也不認為自己跟不上時代。

這雙黑布鞋，是在成功嶺入伍訓練時發送的。那時候，一發就有兩雙，長短筒各一。平時出操上課穿長筒的為多；短統的很少穿，因為還要打綁腿較麻煩，所以這雙短筒鞋簡直像新的。本來是放在臥室床下的一個紙箱裡，以備退伍返家從事農作時用；哪曉得一服完兵役就急忙的北上工作，穿了充數。

在工作地，平日除了穿皮鞋，就是穿它。偶而有剛退伍不久的同事對我說：「咦！你的黑布鞋哪來的？」我愣了一下才回答：「部隊帶回來的呀！」他哈哈笑，說他的在他入伍訓練完就與它說再見了。我心裡不禁震了一下，好好可以穿的鞋丟了多可惜！我沒有再說我的想法。過後，仍然默默的穿著我的鞋。

每當看到那雙黑布鞋，就會想起成功嶺的那群預官夥伴，以及入伍教育磨人的情形。……一位排長的話深深的烙印在我心中，他說：「你們是政戰的，以後當上輔導長的為多，受折磨的機會較少，要趁此機會磨練磨練。」因此，別連的其他官科，利用晚上寫寫家書，唱唱小夜曲；我們連上，卻在練習踢正步（而也真不是蓋的，三次比賽兩次得榮譽旗），穿著黑布鞋。

在白天的出操上課，排長總是要班長特別的「照顧」我們，跑步前進迅速臥倒的動作，若不熟練或錯誤，反覆做了又做。有一次，我做了好幾次臥倒的動作，仍不正確，便挨了好幾分鐘的罵；皮肉的痛楚與精神壓力交相攻擊我，……。又如跑步，一定要我們上氣不接下氣，內外衣濕透了才罷休：一堂動作課下來，兩臂真不像是自己的！

退伍後，連喘息的休閒機會也沒有，急忙的打點行李北上工作。我想那時的黑布鞋裝扮，別人一定看出我鄉巴佬的土氣，只是不好說出口而已。

歲月易逝，當這雙鞋上裂了一條約二公分的細縫，才想到穿它已近一年，何不讓它休息休息？這才逛了夜市買了一雙新球鞋，穿約一星期，感覺太大了，沒有黑布鞋來得習慣、踏實，所以仍然穿著黑鞋。有一天，發現裂縫竟然大得可以伸出腳趾頭，再也不敢穿它上班了，因此只好穿上新鞋。

在穿新鞋的這段歲月，每天回到宿舍裡，看到橫七豎八的皮鞋、球鞋和拖鞋，隨手將那雙破黑鞋扔到垃圾桶；當它躺在潔白的紙屑團上，凝視著它，往事飛奔而來。我又從垃圾堆中撿起來，拍完灰塵，還是把它擺著吧！

有天下班後，看到鞋子，想起在部隊的五千公尺晨跑，使我肌肉結實很多，何不穿它來跑跑步，鞋子雖然破損了些，但仍然可以穿。主意既定，即刻實行。那天，一面跑步，一面想起過去部隊的戰鬥生活，以及長官的串串叮嚀。陳舊往事隨著暮色加濃而深刻起來。在寂靜無人的境域中慢跑，像獨來獨往的俠客，也像勇士騎著戰馬馳騁在疆場上。

自此，每天下班以後，穿著黑鞋跑步、運動就是主要的節目。在寒意漸濃的無人校園中，益覺校園的空曠淒清；仍是身著一件汗衫和短褲，一動起來，白天工作的煩悶與心緒的雜亂頓失，猶如天空雲消霧散的爽朗，頓感心胸開闊，胸臆千里。在精神抖擻中，我找到生命存在的勇氣，與生活的意義，過了今天、今夜，出現在眼前的，是明天新的希望和方向。

這些日子一下班，我都到跑步的忘憂谷裡，回憶沉澱在心靈的往事點滴，探索未來腳步的目標，欣賞宇宙自然的天樂音籟。不管晴天、陰雨，心湖總是一片澄澈，寵辱皆忘。因此，一穿上黑鞋，心靈踏實多了，帶給我孤獨而不寂寞的境界。一分一秒的在黑鞋的踏步下，帶走了青春韶光，也帶來了結實的臂膀、寬厚的胸膛。

雖然這雙黑布鞋不能長伴我一生，但憑著它帶來的精神和毅力，我會永遠跑下去。

（一九八四、二、十二，中華日報副刊。後，美國世界日報副刊轉載）

【導讀與玩賞】

一雙軍中所發短筒黑布鞋，上過成功嶺的臺灣男兒都有過，鵬來卻搬演出他的個性、生活與早期奮鬥的情態，在散文寫作上已極成熟了；以致美國的世界日報副刊也加以轉載。

文分三個段落：首段由候車亭一位大哥的眼神，帶出這雙黑布鞋上場，作者的想法基調已道出：

> 我喜歡舊東西。……只求合適，心情舒暢愉快，就感到滿足幸福，……總認為東西沒用壞，丟了可惜。

這就是他的處物哲學。

因此，他回味在成功嶺受訓時，因著黑布鞋有關的點點滴滴，苦樂備嚐；這時他伴懷著一顆感恩的心敘述：

> 將那雙破黑鞋扔到垃圾桶；當它躺在潔白的紙屑團上，凝視著它，往事飛奔而來。我又從垃圾堆中撿起來，拍完灰塵，還是把它擺著吧！

這是怎麼樣的心呀！

當年上班後，他穿著黑布鞋跑步練身，直到鞋子「空前」了，才改換新鞋；他說：

一穿上黑鞋，心靈踏實多了，帶給我孤獨而不寂寞的境界。一分一秒的在黑鞋的踏步下，帶走了青春韶光，也帶來了結實的臂膀、寬厚的胸膛。雖然這雙黑布鞋不能長伴我一生，但憑著它帶來的精神和毅力，我會永遠跑下去……。

這就是他平日節儉純樸，滿足於小確幸的生活，與早期奮鬥的情態，一直伴隨著他的人生，……。

浪捲千堆雪

在驚濤駭浪的生命傳承中，湧起征塵與國事的思緒。

執槍佇立於蒼茫海洋的一旁，肩一身山河的暮寒，雲煙和風月，驀然激起萬丈沖天之豪情壯志。浪潮拍岸，無端捲起心脈的一襲驚顫。

我沉醉在搖晃而無邊無際的海域中，面對無從窺知生命成長的彷徨，年少的春夢與壯闊華麗的記憶，隨著成長的心緒而拋落，……淒惻的情感與莊嚴的誓約，陪伴著我，軍旅的豪情，總隱含著悠悠的冥思。青澀的年華，與少年情懷的繾綣，……那緲不可涉的歷史，將如何潛入我年少心園裡那塊浪漫行吟的夢土？令我鎮日彷徨悲寂，陷落至奔騰的思緒底處？

顫抖拿筆的手，執起堅挺的槍桿，深情地守護著一顆顆真摯的心靈，與傳統文化那盞亮爍的燈影。不懼風寒，……在我年少的脈管裏淒絕的往復奔流。在過往的成長歲月，曾經失落，而今心緒飄蕩，凝眸望盡海天交接處，光影模糊。

每次月夜，星光無語，歲月的重擔與英雄繫劍的悲情交疊，鄉愁的思路漫漶。一輪明月幽幽，絕美、淒美、哀怨如天上烏雲浮現心頭。愴痛的沉重，無言的悲歌，湧起我生命的莊嚴豪邁，我該將如何振作？草綠色的律動，帶著一股精神意志的亢奮，擁有一分呵護他人及國土的喜悅；一束高遠的期許，堅信真理的光芒，與仁者無敵的情懷，是那樣永恆而堅毅的流淌在我生命裏。

在那低幽傳來的浪潮音符裏，我尋著夜暗的淒寂孤獨，拾掇起軍旅的真情。那留不住的潮聲潺潺，卻永遠的拍擊著心版。

（二〇一七、三、六，馬祖日報鄉土副刊）

【導讀與玩賞】

此篇似散文詩，用筆含蓄，情感欲言又止。當兵持槍守衛海邊，思前想後，情緒翻騰，有豪情，也不免有悲情：

淒惻的情感與莊嚴的誓約，陪伴著我，軍旅的豪情，總隱含著悠悠的冥思。青澀的年華，與少年情懷的繾綣，……那緲不可涉的歷史，將如何潛入我年少心園裡那塊浪漫行吟的夢土？令我鎮日彷徨悲寂，陷落至奔騰的思緒底處？

在過往的成長歲月，曾經失落，而今心緒飄蕩，凝眸望盡海天交接處，光影模糊。

其實，這種矛盾情懷的起因在鄉愁，他說：

每次月夜，星光無語，歲月的重擔與英雄繫劍的悲情交疊，鄉愁的思路漫漶。

不過，鵬來走出了矛盾，他說道：

草綠色的律動，帶著一股精神意志的亢奮，擁有一分呵護他人及國土的喜悅；一束高遠的期許，堅信真理的光芒，與仁者無敵的情懷，是那樣永恆而堅毅的流淌在我生命裏。

話雖如此，畢竟作者還是維繫著文學者慣有的複雜詩情：

我尋著夜暗的淒寂孤獨，拾掇起軍旅的真情。那留不住的潮聲潺潺，卻永遠的拍擊著心版……

重新陷入兩難的困境，這是實情；因此，也使本文更令人喜愛。

徜徉在跑道上

退休之後，我展開我的「跑道人生」。每次傍晚，要接回就讀國中的小孩，常會提早到學校的操場去跑跳、做做運動。每天下午四點過後，國中的ＰＵ跑道就有不少人潮湧進，散步、快走、慢跑，或倒著走，或彎腰扭身，姿態、神情不一。或三五成群邊走邊聊天、或一家人手拉手向前走，或夫妻的輕聲細行，或個人獨自漫步沉思；總之，萬種風情都在這兒展現。

每次漫步校園，尤其傍晚時分、秋日的校園，色彩繽紛，一整排粉紅色的四色樹—臺灣欒樹，似乎在跟我們打招呼。它們是臺灣特有樹種，名列世界十大名木之一。看著欒樹，從滿株綠葉到開花時呈黃色，結子時又轉為紅褐色，直至蒴果乾枯成為褐色而掉落，一葉有四色；在大地上像演一齣戲，為大地的秋天增上無限風情，令人賞心悅目。

臺灣欒樹上更有一套食物鏈的活教材。每當蒴果乾枯時，從四面八方引來數量驚人的赤星椿象，在此覓食。同一時間，赤腰燕亦抵達，以赤星椿象為食。春天來臨時，果實紛紛落地，蒴果沒了，椿象走了，赤腰燕也飛了，一幅曲終人散的景象；而欒樹又再度冒出赤紅色的嫩葉，重新開始！我們總是在忙碌中錯失如此美麗豐富的生態現象，直到一年容易又秋色，欒樹風景喚起心中的諸多暖意與記憶；直到我們停下腳步，欣賞讚歎。

每個人都規矩的沿著跑道，或赤腳，或穿跑鞋，擺動肢體起來，把向晚時刻炒熱起來。運動悠閒的氣氛很好，舉目四望，彷彿是置身在一座小公園內。一直到晚上九點多，依然人來人往，球場也有人潮；這個有如鎮上的後花園，不論何種運動或打球，都是很好的健康與休閒。

有時在晚上，妻子有空閒，我們就會攜手前行到ＰＵ跑道上，走一個多小時的路；那是我倆甜蜜的時段之一，邊走邊說，彼此酸甜苦辣的告白，讓心靈更貼近。在運動結束之後，我們心情得到慰藉和洗滌，一個多小時的光景也一溜煙似的消逝；總比自個兒運動有趣味多了。我都是赤腳走跑道，剛開始走的時候，腳底有些癢癢的，但走久了自然就習慣，很有腳底按摩的感覺。

又有時候，我單獨行動，寥寥數人的操場，更顯得自己的孤單。做完暖身之後，

我快步走幾圈；有時興起跑步數圈，每圈都四百公尺。有時我心中會背誦『心經』，眼觀夜色，每跑一步就唸著：「觀自在菩薩，行深般若波羅蜜多時，……」，而眼前的浮雲、星子與月色，還有墨黑色只有輪廓的青青校樹，陪伴我，讓我不覺得孤單。有時，總是會有些心經的句子一時想不起來，還沒完全背誦完，就走完運動的時間，只得驅車返家，期待下一次與跑道的約會。

每次運動過後的好眠與好夢，讓我心情愉悅地迎接次日的黎明。

（二〇一三、三、十九，金門日報文學副刊）

【導讀與玩賞】

鵬來真是農鄉大作家，生活百態都成妙文；本文寫在操場運動跑步，也有許多話題：首先是寫出跑道萬象，別人可描寫不來；他說：

散步、快走、慢跑，或倒著走，或彎腰扭身，姿態、神情不一。或三五成群邊走邊聊天、或一家人手拉手向前走，或夫妻的輕聲細行，或個人獨自漫步沉思；總之，萬種風情都在這兒展現。

其次，寫臺灣欒樹的特殊，更是本文最出色的所在，把欒樹寫活了；不得不將之引錄於下：

一整排粉紅色的四色樹——臺灣欒樹，似乎在跟我們打招呼。它們是臺灣特有樹種，名列世界十大名木之一。看著欒樹，從滿株綠葉到開花時呈黃色，結子時又轉為紅褐色，直至蒴果乾枯成為褐色而掉落，一葉有四色；在大地上像演一齣戲，為大地的秋天增上無限風情，令人賞心悅目。

尤其特別的是欒樹所造就的生物鏈；在散文中注入知識，卻不覺其唐突，反而讓人有好奇的滿足：

每當蒴果乾枯時，從四面八方引來數量驚人的赤星椿象，在此覓食。同一時間，赤腰燕亦抵達，以赤星椿象為食。春天來臨時，果實紛紛落地，蒴果沒了，椿象走了，赤腰燕也飛了，一幅曲終人散的景象；而欒樹又再度冒出赤紅色的嫩葉，重新開始！

山野覓清泉

驀然回首，青春不待，再也無法回到那紅樓的安樂窩裏，再也無法尋夢了。

每到假日，在閒散的心境中，總會猛然驚覿，皺紋已漸爬上臉龐，一根根白髮在黑髮叢中顯得異常耀眼。略微消瘦的顏面，在小圓鏡中有分落寞；兩眼下方，藍紫色的色彩告訴我睡眠不足。只有在假日前夕，我才敢放鬆心情，讀讀自己喜歡的書，聽聽平日熱愛的廣播節目，讓心靈留駐一分清幽，讓心湖蕩起愉悅的漣漪，使人生的樂趣在心頭翻滾。只有在假日裡，我才敢讓鬧鐘休息，而恣意的讓身心在時空定位，緩一緩心情，停一停腳步，不必急著趕路。

少年曾有的夢想和希冀，已隨著時光的縱逝而飄落了。在師專就學的歲月，是那樣令我癡迷，常在心底湧起一分豪情。想要擷取藝術與文學天地的精華，因而徜徉在歷史博物館、臺灣省立博物館和故宮博物院。也把假日的跫音留在學校低矮老舊的美術館裏，又讓圖書館的前人智慧的股股清流，流淌在我少年的心頭。青春浪漫的情懷縋綣雀躍的心靈，伴我度過生活的不安和不悅。

然而，綺麗年華的夢終要失落凋零。當年，自己的步伐毫不猶豫的踏出師專的紅樓，走出豪華氣派的大門；如今，大門前馬路上的景觀已有大半不識，驀然回首，青春不待，再也無法回到那紅樓的安樂窩裏，再也無法尋夢了。五年一覺紅樓夢，而夢醒的自己，不知身在何處，面對車水馬龍的繁榮街道，我猶豫、彷徨、徘徊，不知何去何從。

少年拿彩筆的手，已無法平靜的描繪自己純真的心情，也無能繪出美麗的生命遠景。拿毛筆想要寫盡乾坤的癡狂，以收縮成時空中金鈴敲擊的清響。意氣風發的青春歲月，就這樣緩緩流過去了。琤琤琮琮的調絃聲才響起，如今卻已斷去，無法再聆空谷的絃音。那是怎樣的一種遺憾！曾有過在凝眸深處的一段煙塵，已經雲消霧散。山林空翠，白雲意遲的孤清深沉，總在我萬般夢境裏翻湧。

紅塵就是一條無法掙脫的鎖鏈，而記憶裏的種種，只能化為人生旅途的幾許蒼涼。喚不回那壯闊的天涯，等不到那待開的蓓蕾，身在此地，而「心」在何處？我深切期待一股粗獷的山野清泉，淨去我勞於奔波的風塵。

（二〇一六、二、十六，青年日報副刊）

【導讀與玩賞】

鵬來撫今追昔，不勝唏噓：憶起青春年少的五年紅樓就學

歲月，滿懷著理想與夢想：

在師專就學的歲月，是那樣令我癡迷，常在心底湧起一分豪情。想要擷取藝術與文學天地的精華，因而徜徉在歷史博物館、臺灣省立博物館和故宮博物院。也把假日的跫音留在學校低矮老舊的美術館裏，又讓圖書館的前人智慧的股股清流，流淌在我少年的心頭。

如今，在生活的紅塵中打滾過的改變，對照起昔時的意氣風發，顯然是不忍卒睹：

猛然驚顫，皺紋已漸爬上臉龐，一根根白髮在黑髮叢中顯得異常耀眼。略微消瘦的顏面，在小圓鏡中有分落寞；兩眼下方，藍紫色的色彩告訴我睡眠不足。

紅樓夢已醒，今後只得盼望心靈的山林、白雲的孤清深沉，在夢境裏翻湧：

讓心靈留駐一分清幽，讓心湖蕩起愉悅的漣漪，使人生的樂趣在心頭翻滾。

一股粗獷的山野清泉，淨去我勞於奔波的風塵。

這詩似的散文，用字如此清新有味，頗耐人咀嚼。

輯三、面對新一代

這第三輯，收有「一首歌」、「長髮為癌友」等六篇散文；寫所任教小學生與女兒等新下一代的故事，各三篇。

小學教育是鵬來的專業，在優美的筆下，學生一舉一動更加生動有味。不過，他從幽默風趣的筆下表現許多小教的看法與堅持；「有洞才會涼」、「以學生為鏡」和「一首歌」，都是令人感同身受，極為喜愛的作品。

而以下三篇：「長髮為癌友」、「媽媽！天黑了要回家」、「小天使之歌」，剛好都寫小女兒儀安的故事。這一「小妮子」，是多麼特別！如果是讀者汝也會想寫她的。

鵬來面對新一代的國家主人翁，就是用這樣的筆觸在表現。

一首歌

快樂而熱情的工作、生活，就是一首美好的頌歌。

踏入社會，從事教職，忽已數年。對這項事業，我把生命的熱情與生活的全部心力，投注下去。教人、教書，天天與活潑可愛的天使在一起，晚上做夢也會笑，我彷彿到了忘憂谷：忘憂谷裡，只有生機盎然的花草樹木，只有愉悅的心境、歡笑的臉孔，沒有世俗的喧囂與塵垢，沒有萬丈紅塵的現實和狡詐。這桃源勝境的美麗，使我心有所寄，是我溫馨甜蜜的窩巢，是我精神世界的活水源頭。

每天迎面而來的，是晨曦的朝氣、璀璨的陽光，和一群群歡欣的小孩。看到他們純真無憂的背著小小書包，稚氣的步入求知的殿堂，快樂的心靈與他們一起接受文明的熏陶與文化的洗禮。

童年是詩與夢所結合的時光，我不知道現在生活在都市的孩子，天天接觸和他們無關的知識，生活會快樂嗎？因此，每當上課說到有關他們所不知道的鄉野風情，我會詳細告訴他們我的鄉居田園生活，把自己過往的點點滴滴，化為串串的音符，流淌在教室裡，流入他們嚮往的心底。而他們竟如此的癡迷和陶醉，專注的眼神隨著我的描繪而起伏流轉。

孩子們，在我的內心深處，永遠有一塊寬闊的綠野，有花香鳥語。陽光穿過綠葉的間隙，網住

我心靈的真情摯意；和風所到之處，洋溢著原野香甜的氣息，讓我舒暢起來。細長潺潺的水流，隨著陽光照耀而跳動閃亮的華麗，那種清純美妙，在凝眸中輝煌燦爛起來。碰到有霧的早晨，視野就更迷茫了，屋舍與山巒，綠野與翠樹，朦朦朧朧，充滿若有若無的詩意夢幻，宛若一幅五彩的潑墨畫。

面對這群幼苗，我與他們心神相當契合，共同學習生活和成長，感受和諧社會的人間溫暖。在彼此共享的心聲中，體會到心靈交會的奧妙，而能充分的運轉洞燭天地的哲理。他們彷若是青翠枝葉上晶瑩剔透的露珠，閃閃爍爍，煞是可愛；他們的心靈，就像是小小的水珠，凝聚了人間最誠意的純情，更聚合了美夢的綺麗：兒童是成人世界的天使。

童年的日子是彩色而耀眼的，能與他們天天面對面，我彷彿回到純真無憂的童稚歲月，那不知人世悲苦的仵歲，一生只有一次的童年啊！馬克士溫的話深得我心。

成了「孩子王」，那愛玩的童年往事，時常無意間回到我的夢裡：那令人心曠神怡的布袋戲世界；那令人難以忘懷的摸魚、抓蝦、捕蟬、釣青蛙；在大雨中與夥伴爭撿稻穗、翻土撿番薯的情事，好像是一道可口又耐咀嚼的佳餚，是一幅幅永不褪色的圖畫，又是一首首令人回味無窮的童謠。

回味這首甜美芬芳的歌，將隨著我的工作繼續吟唱下去，唱出生命的美善和快樂，直到永遠永遠……。

（二〇一五、十二、二十二，更生日報更生廣場・大家談專欄，『工作如首歌』）

【導讀與玩賞】

本篇書寫鵬來當小教——小學教師的深刻心得與獲得的滿滿快樂，如一首「甜美芬芳的歌，將隨著我的工作繼續吟唱下去，唱出生命的美善和快樂」。

文中，夾涵著自己的童年經驗和小學生現狀的美好：美好的小學生現況，描繪如畫，令人感動；例如：

> 天天與活潑可愛的天使在一起，晚上做夢也會笑，我彷彿到了忘憂谷：忘憂谷裡，只有生機盎然的花草樹木，只有愉悅的心境、歡笑的臉孔，沒有世俗的喧囂與塵垢，沒有萬丈紅塵的現實和狡詐。

這群幼苗，我與他們心神相當契合，共同學習生活和成長，感受和諧社會的人間溫暖。在彼此共享的心聲中，體會到心靈交會的奧妙，而能充分的運轉洞燭天地的哲理。……他們的心靈，就像是小小的水珠，凝聚了人間最誠意的純情，更聚合了美夢的綺麗：兒童是成人世界的天使。

而他自己的童年經驗？鵬來寫道：

現在生活在都市的孩子，天天接觸和他們無關的知識，生活會快樂嗎？因此，每當上課說到有關他們所不知道的鄉野風情，我會詳細告訴他們我的鄉居田園生活，把自己過往的點點滴滴，化為串串的音符，流淌在教室裡，流入他們嚮往的心底。而他們竟如此的癡迷和陶醉，專注的眼神隨著我的描繪而起伏流轉。

童年往事，時常無意間回到我的夢裡：那令人心曠神怡的布袋戲世界；那令人難以忘懷的摸魚、抓蝦、捕蟬、釣青蛙；在大雨中與夥伴爭撿稻穗、翻土撿番薯的情事，好像是一道可口又耐咀嚼的佳餚，是一幅幅永不褪色的圖畫，又是一首首令人回味無窮的童謠。

本文的文筆也如詩，細膩、溫馨而可愛，如開首就說：「快樂而熱情的工作、生活，就是一首美好的頌歌。」以下這一長段，對童心的描摹，美得令人讚歎不置，自來罕有：

孩子們，在我的內心深處，永遠有一塊寬闊的綠野，有花香鳥語。陽光穿過綠葉的間隙，網住我心靈的真情摯意；和風所到之處，洋溢著原野香甜的氣息，讓我舒暢起來。細長潺潺的水流，隨著陽光照耀而跳動閃亮的華麗，那種清純美妙，在凝眸中輝煌燦爛起來。碰到有霧的早晨，視野就更迷茫了，屋舍與山巒，綠野與翠樹，朦朦朧朧，充滿若有若無的詩意夢幻，宛若一幅五彩的潑墨畫。

以學生為鏡

勞碌的教書和班務工作，填塞了白天的時間，難得有思索和探討自己行為的空檔。每天從學生到校後，自己便像一部不能歇息的機器，更像一顆只能向前的棋子，直到送學生走出校門，生活的腳步才能停緩下來，想想白天所作所為。

雖然有時會靈光一閃，認為某種行為的缺失可以避免，或是某項教學工作可以做得更好。但次日，一碰到學生，一天忙碌工作又開始了，想要做得更好的教育點子不是遺忘了，便是心有餘而力不足，感到非常的遺憾。如此忙忙亂亂的幾年教育工作，自己似乎一點也沒有進步，只是像一部教育機器，哪像一位老師──傳道、授業、解惑的人？

教書工作的繁瑣，是抹煞教師思考創造力的主因。由於在學生群中沒有自我，被學生淹沒了，教書工作變得庸俗而沒有積極性。消極的做完學校交代的雜事及班務，已屬萬幸，哪有餘力針對教育問題作深入探討和研究改革？師生關係逐漸淡薄是意料中的事，我們哪能苛責教師太多？我們如要求他們像聖賢，求全責備，造成教師壓力，難免影響教師的教育工作。試想父母兩人照顧兩、三個小孩已甚吃力，而一位教師，卻要管教好五、六十個小毛頭，談何容易？受更多更好的教育，是大家一致的期待。

從級任老師到科任老師，由於科任老師節數較少，性質及內容較相近，有時間對教材做充分的準備，教起學生來得心應手，同時也較能顧及學生的反應、學習的態度和方法等狀況。為老師設想，就是造福學生，老師能教得好，學生較能有收穫。專教一種科目，我認為較能投入工作，也有成就感。教了幾年之後，學生尚喜歡我上課的方式和任教的科目，頗感欣慰。

由於平日的課程進度排得較滿，上課大多論及教材內容，少談其他。當然我也一再表示，有任何問題隨時可以發問或提出來，但是限於時間，學生並沒有充分表達己見。

一學年很快就要結束，當他們即將畢業之際，我利用兩節課的時間，給他們陳述己見，範圍不拘，對我上課的情形、教材內容，或畢業感言，或其他大小問題，皆可以提出來。鑒於大家的沉默和懼於表白自己，我就用另一種方式，要他們把所思所感直接寫在空白紙上。有的個別回答，有的公開回答，結果效果相當不錯；所謂「教學相長」，一點不假，隨時聽聽學生的意見，可以修正自己的教學方式，以及平日習焉不察的一些缺失。

以不具名的方式來進行「溝通」，洋洋灑灑、大大小小的五十多張紙條，各具特色，令我訝異於她們的成熟，我就像上了解剖台似的，任由她們動刀。小小年紀的十多歲女生竟然也有一套她們的人生哲學，令我這個擔任老師的大喊「後生可畏」。

她們囿於學校的傳統作法，男女分班，上她們課的時候，有時候覺得她們文靜得可怕，有時卻又調皮得令我發笑，也增添教學的樂趣。因此，我樂於把她們給我的「忠言」列舉出來，自勵和自勉。

——老師你應該多充實自己，不然一問三不知，不是讓你很難堪，下不了台嗎？

這段話命中我的要害，由於任教「自然科學」這門課，上至天文，下至地理，宇宙萬象無所不包。我又鼓勵她們發問，想不到提了不少問題，都需要找專書來回答，自然科學的書籍並不能完全找到，「教學指引」的課外資料又不多，真的無法滿足學生的需要，而且受限於時間，無法外出找資料；只好想出多鼓勵她們一人提出問題，大家一起找答案的「策略」，才免去不少的尷尬場面。但有時，我仍有「不學無術」的遺憾和感嘆！

——老師，你的眼光時常會落在班上高個子的身上，使我們這些小個子的很自卑……

唉！教師難為，我因不習慣只站在講台後黑板前，上課時常到處走動，常走在班裡每排的三分之二處，使前面的三分之一小朋友誤會；要不是她們提出來，我真的不知道，忽略了某部分同學哩！

——老師，你的國語發音不太標準，有時口齒不清，應該多讀『國語日報』，以矯正發音，祝你成功！

想不到她們還真挑剔，看來不天天讀報紙恐怕不行了。

——老師，你上課不嚴格，又不打我們，所以班上秩序不太好，希望老師以後「兇」一點。

所幸，上自然科學課大都是實驗的教材；不然，要她們正經八百的端坐著閉嘴聽課，我還真上不下去呢！上實驗課時，她們難免「得意忘形」，話講得大聲一些。她們曾多次告訴我，室內課最喜歡「自然課」和「美術課」，使我頗感欣慰。

——你講的笑話，我們很喜歡聽，可以增加上課情趣；可是笑話應該跟課本有關才比較好……

這點我怎麼沒想到呢？下次改進吧！

——你時常講「廢話」，以後應該少講，以免浪費上課時間，影響教學進度。……

我常隨機教學，講些生活知識和人生哲理、待人處事之道，不料卻被認為是「廢話」一籮筐。我平時也對她們說，讀書是要明白做人的道理；我的一些話雖然和課本沒有直接關係，但那也是「上課」的一部分，否則，自己買書回家看，或看教學錄影帶便好了，為何還到學校來接受老師指導呢？

——老師，你雖然只有三十歲，但看起來已經很老了，應該早一點娶一個「師母」，否則你會沒人要的……

竟有不少紙條問我有無女朋友？如果沒有，要負責介紹，真是善體人意！女孩子畢竟比較懂事些，看了她們的心聲，心有戚戚焉。

——老師，你的鼻子怎麼時常紅紅的。鼻子不是哭和感冒才會紅的嗎？為甚麼你不哭，鼻子卻又大又紅呢？

由於我有事沒事去摸鼻子，日子一久，習慣竟然改不掉，因而有了「大鼻師」、「紅鼻師」的稱呼……。

我在這群純真的孩童身上，得到不少「關懷」和「溫暖」。她們的坦承，直掀我的底牌，雖然臉有些掛不住，但卻是喜悅的。只有她們才會看得清楚我的一言一行，勇敢的說真話，告訴我的缺點。在教師的成長路上，我樂於接受每一種考驗和衝擊。未來，我將繼續努力充實自己，做好教育工作。孩子們：我非常感謝妳們，妳你們也是我的另一面鏡子啊！

（二〇一七、二、二十，金門日報文學副刊）

【導讀與玩賞】

本文的重心和特色，就在七八則童言童語，煞是可愛中，有不少教學上的啟悟。

文章由「勞碌的教書和班務工作」會影響教學品質談起，教書工作的繁瑣，是抹煞教師思考創造力，無法追求進步的主因。

接著談科任工作，稍稍能改善上述缺點；但，鵬來還是不滿意，所以想出讓學生無記名自由的筆談的方式，蒐集學生的心聲與建議，而有下文那麼多精彩的童言童語，直指老師的缺點要害；但，也溫馨體諒多於責備。總之，本文能忠實記錄出小學杏壇的真實情狀，成為一篇傑作。

有洞才會涼

平日為師教學，教育子弟，莫不戰戰兢兢，所以一旦站上講台，一定得端正自己，整肅儀容，唯恐言教身教不一，有違師道。

然而百密也有一疏；那天上課，我正說得口沫橫飛之際，有個小朋友突然大聲說道：「老師：你的衣服上有破一個洞！」接下來學生七嘴八舌的起鬨著，場面幾乎失控。有人說，老師很窮，買不起新衣服穿；有的說，老師因為還沒有娶太太，所以衣服破了沒有人縫；還有人替我解圍說，老師很節儉……。還有，更狠的說：「當老師，衣服也沒有穿整齊」。

當我聽了尷尬得紅著臉，手足無措不知如何是好時，有位小朋友說：「哎呀，你們都不懂老師的心，老師因為怕熱，所以穿有洞的衣服，才會涼嘛！」惹得全班哄堂大笑；站在一旁的我，也笑得合不攏嘴，頓時化解了僵局。

（二〇一六、四、二十七，青年日報副刊）

【導讀與玩賞】

本篇其實是一個故事，比起上一篇「以學生為鏡」，更聚焦，更幽默；讓人為鵬來捏一把冷汗。聰明的，充滿智慧的那位學生的一句話：

> 老師因為怕熱，所以穿有洞的衣服，才會涼嘛！

風趣幽默是在何等的情境下，出其不意的噴出，展露智慧的光芒。鵬來能教到這樣的學生，真的不虛此生了！

小天使之歌

我家的小天使，快升上小四了。小小年紀的她，是家中最貼心的小不點——個子嬌小，長不高；讀幼稚園時，很勤快，除了飯前幫忙拿碗筷，飯後還會幫忙洗碗，不夠高還拿椅子墊腳。不讓她做，還生氣哭鬧一番呢。有一次，要回太太娘家，路過一家醫院，我順道去探訪一位住院的阿婆，要她跟姊姊及媽媽在車上等；不料小妮子一直吵著要跟來，她說阿婆沒人去看她，生病好可憐，還一直哭著流眼淚呢。

她最得意的是在上幼稚園時，就得到全縣現場繪畫比賽的第一名；而且時常參加說故事比賽，每次都得獎。她膽子還不小，幼稚園畢業典禮竟上台用英語致深深的感恩辭，我這個老爸幾乎全聽不懂。

在小一時，老師要她擔任班長；聽說替老師做不少事，是老師最得力的小幫手、同學的小老師，班上秩序維持得不錯。期末的時候，我和她母親告訴她，下學期不要再當班長了，讓別人也能有機會當當班長，享受當班長的樂趣；不料新學期開始時，他們老師開放選舉，她又被同學選上班長。她回家的時候，心情很不好的告訴我們，說她不要再當班長了，可是同學還是要選她，讓她很鬱卒。我們安慰她，是別人選的沒關係，不是自己去向老師要求拜託的就好，她心裡才比較舒坦。

因此，她寫了一篇「當班長的滋味」，我幫她投稿，竟然刊登出來了。作品被剪貼在學校的公佈欄上，在朝會時還得到校長頒給她獎勵金。她相當開心的要請我們客；當然，最後是她老爸出的錢，錢存入郵局。

她低年級時，常會比手畫腳教祖母說華語、講英語，而祖母則教她說臺語，逗得全家笑哈哈。有空，還會幫祖父母從床上、椅子上扶起來；當然她是扶不動的，但二老窩心極了。有時還幫他們抓龍搥背，陪他們走路散步，比我還有孝心，讓我感動。

她參加繪畫班，我每次載她提早到班上，看到別人繪畫的優秀作品，我總是讚美別人畫得好，她卻會很不高興的說：爸爸偏心！只會說別人好。我則告訴她：「讚美別人就是讚美自己；欣賞別人的優點，自己才會進步。」可是她好像無法認同，父女時常在回程的車內辯論，她因為辯論輸了、哭了，而賭氣不下車。

這幾年來，為了鼓舞她自動讀書、寫字和繪畫，她一有成果表現，我就會幫忙投稿報刊，幸運的刊了不少圖文。有時候，她登出一張圖比我的稿費還多；她總是要我把稿費存起來。當她知道錢的好用之後，就更主動的要做家事：拖地板、摺衣服，希望我們給她零用錢，不論是一元或十元都好；因此她有各種造型的存錢筒七、八個。她做什麼事都有興趣。

升上小三的她，看了不少書，連報紙的副刊和家庭版都看，還會說故事、講笑話和猜謎語；到學校，時常講給老師和高年級小朋友聽，所以下課、下班時間，常看到一大群的老師和同學圍著她，逗得他們很開心。有一、兩次，我竟然聽到她說一些很噁心和恐怖的鬼故事。她平日就嘴巴甜、有禮貌、惹人疼愛，不怕生且能與人打成一片。連外出旅遊也不例外，樂意表演她的拿手口才，讓別人分享她溫馨的故事和笑話，時常得到外人及老闆的讚賞，她更是引以為樂。

前一陣子，她迷上魔術，到書店買了兩本書，每天按圖練習，在我們面前表演，竟然天衣無縫，讓我們驚喜連連。她還教家人如何變魔術；我們鼓勵她在期末發表會上表演，聽說得到不少掌聲。而她三年級擔任風紀股長，每當秩序不佳，她就用說故事、講笑話、猜謎語和變魔術這一套，把班上同學管理得服服貼貼的；還教導他們班學習魔術，小朋友興致都很高昂。

她口才一流，辯才無礙，膽子也大，今年學期末，還與六年級學姊參加稅捐處舉辦的「三人相聲」，榮獲甲等獎杯和獎金。主持人看她個子與六年級的大姊姊相差快兩個頭，口才好，又有禮貌，印象特別深刻，還用有獎徵答的方式，送一台小型的收音機鼓勵她，使她樂不可支。

她喜歡的東西多，幾乎樣樣都有興趣：請家教學英文、彈鋼琴，參加繪畫班、讀經班、書法班、舞蹈班、暑期輔導班、夏令營等等。她精力充沛，活力十足，幾乎把休閒時間排滿了，讓我和她母親為載送她而疲於奔命。尤其是從幼稚園就學舞蹈，至今五、六年不曾間斷，每次電視有舞蹈表演，還會跟著學，在家連走路都像跳舞，翻跟頭、練拉筋、劈腿等各項動作，有模有樣；舞蹈，應該是她感到最有成就的才藝了。

幾天前，與她媽媽到書局買了幾本食譜，她竟然照食譜學做起司巧克力派、蘋果奇異果派、果凍、炸薯條和冰淇淋；還會先送給祖父母享用。而炸薯條的功力和份量，可媲美她媽媽，還會灑上梅子粉，讓祖父母讚不絕口，全家吃得齒頰留香。只是個子太矮，還墊小板凳，有些危險；為了安全起見，仍然有勞她媽媽照顧。

小妮子的花樣真多，也蠻懂事的；她知道我們事忙，無法每次都陪她，她常常一個人先睡。二樓房間暑熱異常，她竟然告訴媽媽說，她一個人先不要開冷氣，等我們睡覺時再開；因為這樣可以較省電，她的早熟與貼心，太令人感動了！她每晚睡前一定要看看課外故事書，哼哼歌曲，帶著愉悅的心情入夢。有時候會跟我們聊天，但聊不到五分鐘就睡著了。半夜為她蓋被子，她還會說謝謝；踢到我們的時候，還會說對不起，我真懷疑她有沒有真正睡著。

小妮子的故事可不少，一時難以說盡。不過當她父母的，最希望的，還是她能擁有一個活潑天真、快樂無憂的童年。

（二〇〇七、十、十五，臺灣時報副刊）

【導讀與玩賞】

此文寫鵬來的小女孩儀安的各種天使般的言行，集優秀、可愛、懂事、勤快，有愛心、有能力、有口才、膽子大……於一身。有女如此，真是無懈可擊；她才小三呢！她的才藝等，固然不得了；但，筆者覺得她的貼心與愛心，才是最令人感動的地方：

她知道我們事忙，無法每次都陪她，她常常一個人先睡。二樓房間暑熱異常，她竟然告訴媽媽說，她一個人先不要開冷氣，等我們睡覺時再開；因為這樣可以較省電，她的早熟與貼心，太令人感動了！

半夜為她蓋被子，她還會說謝謝；踢到我們的時候，還會說對不起，我真懷疑她有沒有真止睡著。……

媽媽！天黑了要回家

妻子北上研習開會，不得不暫時離開我們，外宿三、四天。

第一天晚上，我替三歲半的小女兒洗澡，小女兒就開始找媽媽；後來我答應，只要她洗完澡，一定打電話給媽媽。打電話時，小女兒第一句話就說：「媽媽，天黑了呢！妳為什麼還不回家？」她媽媽回話說：「要在台北開會，無法馬上回家。」小女兒又問：「我們家有床和棉被可以睡，台北有嗎？」一直到她媽媽說：「台北的阿姨家有床可以睡，也有棉被可以蓋，不會著涼的。」說了半天，她才放心。

第二天洗完澡，又要找媽媽。電話接通後就說：「我很乖，媽媽：爸爸幫我洗澡，洗得香香的，妳聞聞看！」接著把電話筒擺在肚皮上，站在一旁的我，不禁笑翻了天。接著又問：「媽媽：妳昨天有睡覺嗎？妳什麼時候才要回來，外面天黑了呢！」小女兒講完電話對我說：「媽媽聞到我洗澡的香味，媽媽昨天有睡覺，她要趕快回來。」

妻子不在家，兩個女兒變得乖巧懂事，讓我煩惱的心放下不少；只是小女兒一想到她媽媽一定要打電話、聽聽媽媽的聲音，讓我頗感困擾。第三天，已是夜裡十點多，還要跟媽媽通電話才肯睡覺。她怕媽媽沒有車子可以坐回家；妻告訴她會搭很快的火車回家，不必走很遠的路。

小女兒和我一樣會擔心：「天黑了」心愛的人卻還沒回來。返家的妻說，她與小女兒聊天，聊到快要飆出眼淚；小女兒貼心的關懷，讓她也很想家。還好，只在台北待四天而已，妻安慰自己說。

（二〇〇一、六、六，人間福報家庭版）

【導讀與玩賞】

這接連上一篇，聚焦在寫二女兒與媽媽的真情流露；似懂非懂的對白，完全展露女兒的孺慕之情：

打電話時，小女兒第一句話就說：「媽媽，天黑了呢！妳為什麼還不回家？」

接著又問：「媽媽：妳昨天有睡覺嗎？妳什麼時候才要回來，外面天黑了呢！」

孩子最怕天黑，左一句右一句「媽媽：天黑了呢！」最是賺人眼淚。只要表現這個，就是傑作散文。

長髮為癌友

康芮颱風來襲的第三天，外頭依然下著大雨，小女兒將已經留了六年的一頭長髮給剪了。

我有點納悶，為甚麼要選在颱風天去剪頭髮？她訴說著緣由，原來她看過農民曆，秀髮已經長過腰，一定要在比較好的那天動剪刀。她詢問過老師和同學，她們也認為必須要選個好日子才剪掉。我半信半疑，但還是帶著她往美髮店走去。到了店裡，問老闆娘：「剪頭髮需要看日子嗎？」老闆娘說：「太長的頭髮要剪去，看個好日子是民間的習俗。」這才知女兒為我上了一課。

幾年前，當女兒還是國小四、五年級生，一頭秀髮飄啊飄的，看來滿順眼的，很有小學生的活潑模樣。國中三年，逐漸進入青春期，開始注重外表：每天一早起床便費心整理頭髮，花去不少時間。我就建議剪短比較好整理；她說好不容易留了兩三年，要再留長一點轉送給沒有頭髮的人。頭髮可以做善事，是值得鼓勵，也贊同她的做法。從小就有一份慈悲心的她，長大了也不例外，讓我很欣慰。

那天，我靈機一來帶了單眼相機，希望能留下她長髮飄逸的模樣，做為紀念；因此，我要老闆娘動作稍慢一些，以捕捉那珍貴的一刻。

我看著女兒拿著剪下的頭髮，讓我拍下微笑的畫面；她一點都不吝惜，樂於助人，令老爸感

動。老闆娘說，剪下的頭髮大概有五、六十公分長。不過，她要我們自行捐贈給需要的單位。

返家後，女兒自己上網找到彰化縣癌症病友中心。她寫好了地址，將頭髮裝入大信封，我特別跑到郵局掛號，以免遺失。我為女兒的善行感到驕傲，希望女兒的頭髮能夠得到妥善的運用，戴在需要的人頭上。

（二〇一三、十、二十四，青年日報副刊）

【導讀與玩賞】

前兩篇，小妮子超人的愛心、善心、懂事，已流露很多。這篇，她為癌友蓄髮五六年，在開始注意容貌外表的國中階段，卻能為癌友捐髮，真令人讚歎！

之前，每天早起便費心整理頭髮，花去不少時間。她老爸建議剪短比較好整理；她卻說：

好不容易留了兩三年，要再留長一點轉送給沒有頭髮的人。

可見在她的小心靈裡，早就有助人的念頭，一點都不吝惜！有其父必有其女，鵬來多少年來也助人不落人後；據筆者所知，他用現金、版稅、文集義賣等等，已有數百萬之譜。就是這樣的家教，教育出優秀的儀安、恬安兩姊妹。

輯四、愛屋及烏

這輯，收有「調出快樂幸福湯」、「感謝，您的閃光」、「如果我們不曾相遇」等三篇散文。

鵬來將關懷面擴及攤販、好心閃爍著車燈的提醒者。更有由單戀數十年前的情人走出來的故事，很精彩；由此可見鵬來愛屋及烏，做人的格調了。

調出快樂幸福湯

有一陣子常到傳統市場買菜，每次結帳時，多半會有些零頭，老闆時常會自動捨去不計，讓我覺得佔了不少便宜。但，我深深知道那些種蔬果的鄉親，不論晴雨，整天浸在水田裡耕作；採收農作物，還要花錢僱工，成本很高，真是辛苦！我感同身受，因為我也是農家子弟；直到幾年前，父親年邁才從田裡退休，我也才退出農田的幫作。粒粒稻穀皆辛苦，棵棵蔬果都是耕耘歲月心血的結晶。我們實在不必去佔零頭這種小便宜，因為農人賺的是蠅頭小利，都是辛苦血汗錢！

幾年來，我買菜就很少跟攤販出價；如有零頭，我都堅持要付，不願意去佔便宜。看看那七、八十歲的老阿婆、老阿公，販賣著自己栽培的蔬果，有的還手腳不便，我們何忍去殺他的價？有時我會給個整數，說：不必找零。起初他們非常驚訝，之後非常開心地展眉微笑。我也能感受那份不貪小便宜、不佔老闆便宜的快樂，真的很開心！當然有時候，我會得到意外的「賞賜」，硬要送你蔥、蒜、香菜，或是多幾顆水果；彼此都有一份幸福感。

試觀，他們在酷熱的太陽下擺攤，一個上午下來，幾乎曬昏、熱昏；如果雨天，顧了老半天的攤位，有時也乏人光顧。曾有一次在網路看到朱平先生演講，談到如何讓自己做個「快樂製造機」？就舉例說他每天早晨都會去傳統市場，製造一些快樂給攤商們。

有時，我們夫妻會請一些好友到住家附近餐廳用餐，雖然太太有貴賓卡可以打九折，省個數十或百元。但，我告訴牽手，多給他們一點利潤，才能經營得下去；否則，哪天這店關了，我們找不到合適的餐館，吃頓飯還要東奔西跑，浪費不少時間、精力，那誰又佔到便宜？因此，我常戲稱不佔便宜，就是在喝一杯杯的「快樂幸福湯」。

（二〇一二、一、十七，自由時報家庭親子版）

【導讀與玩賞】

甚麼是「快樂幸福湯」？鵬來的定義是：

不佔便宜，就是在喝一杯杯的快樂幸福湯。

怎麼說呢？

幾年來，我買菜就很少跟攤販出價；如有零頭，我都堅持要付，不願意去佔便宜。看看那七、八十歲的老阿婆、老阿公，販賣著自己栽培的蔬果，有的還手腳不便，我們何忍去殺她／他的價？有時我會給個整數，說：不必找零。起初他們非常驚訝，之後非常開心地展眉微笑。我也能感受那份不貪小便宜、不佔老闆便宜的快樂，真的很開心！

開心、快樂、幸福，是接連而來。不僅如此，連請客不給打折也是快樂的源泉：

有時，我們夫妻會請一些好友到住家附近餐廳用餐，雖然太太有貴賓卡可以打九折，省個數十或百元。但，我告訴牽手，多給他們一點利潤，才能經營得下去；否則，哪天這店關了，我們找不到合適的餐館，吃頓飯還要東奔西跑，浪費不少時間、精力，那誰又佔到便宜？

這真是聞所未聞的見地，但在鵬來家真的屢屢發生。

感謝，您的閃光

能讓另一個人平安返家，這就是助人以至是救人的行為，讓我深受感動。

「感謝您車子的閃光」，謝謝這位陌生人閃著車燈的提醒，讓我能一路平安返家。

平日開車出門，最厭惡前方來車大燈的照射；因為大燈照射的刺眼，前方的道路根本看不見，相當危險。更討厭後方車閃大燈的逼車，大燈照進車子的後視鏡，讓我的眼睛很不舒服。

有時候，對面車道駛來的轎車，閃爍著大車燈，是提醒我車速不要過快，因為前方有警察攔檢，要我務必小心，讓人充滿感激。

話說那天，夜裡近八點，我送女兒回住宿學校。從虎尾鎮離開返家時，車行在黝黑的路途中，車輛並不多，所以許多車子的車速都飆很快。當我依規定的速度行在通往崙背的路上，我發現車後有一部車跟我閃大燈，我以為他要超車，所以將車速放慢一些，也將車略往右靠。結果他並沒有超車，仍跟我保持一定的距離，而且繼續又跟我閃了一次大燈，此舉讓我不禁有些惱怒，「這部車到底怎麼回事？」我的心裡有些冒火而嘀咕著。

此時，右手握著方向盤，左手無意的轉動著車燈轉桿，「原來如此」，此時才真相大白，原來是我一直沒開車燈，而且一路開了近二十分鐘。我後面的車看我沒開車燈，為了我的行車安全，又無法告知，除了繼續保持安全距離外，只好以閃燈提醒我，我還誤會了他，真是抱歉！

在黯黑的路途，未開車燈是相當危險的，沒想到路上偶然相逢的陌生人，能熱心提醒，雖然只是舉手之勞，但能讓另一個人平安返家，這就是助人甚至是救人的行為，讓我深受感動。因無法親身向這位朋友道出我由衷的感謝，謹以此文表達謝意，也感恩人間處處有溫情。

（二〇一四、八、二十九，中華日報副刊）

【導讀與玩賞】

開車族雖然進出很方便，但家家有本難唸的經，世事往往很微妙，「有時候，對面車道駛來的轎車，閃爍著大車燈，是提醒我車速不要過快；因為前方有警察攔檢，要我務必小心，讓人充滿感激。」而後方車閃大燈呢？通常是令人討厭的；因為「大燈照進車子的後視鏡，讓我的眼睛很不舒服。」

但有一次，使鵬來整個改觀，他說道：

我發現車後有一部車跟我閃大燈，我以為他要超車，所以將車速放慢一些，也將車略往右靠。結果他並沒有超車，仍跟我保持一定的距離，而且繼續又跟我閃了一次大燈，此舉讓我不禁有些惱怒，「這部車到底怎麼回事？」我的心裡有些冒火而嘀咕著。

此時，右手握著方向盤，左手無意的轉動著車燈轉桿，「原來如此！」真相大白，原來是我一直沒開車燈，而且一路開了近二十分鐘。

如果我們不曾相遇

假如我們不曾相遇，在漫漫人生中，我還是那個我，偶爾做做浪漫的青春美夢，雖然已經不再年輕。然後，開始日復一日的在平淡無奇的軌道上奔波，這一生也會被淹沒在這喧囂的塵世裏。

妳不會了解，這個世界上還有這樣的妳能讓我癡心夢想；也只有妳，會讓我依然懷有一股青春迷夢：雖然一切已遲了三十多年。假如妳我不曾相遇，我不會相信，有一種人可以百看不厭，可以一認識就覺得充滿溫馨和美好。

幸好妳在臉書的訊息上，從熱烈回應到淡然回應，到冷漠以對的靜默旁觀，讓我鬆了一口氣。妳說，不習慣這樣的友誼存在，要我放下這段中年對情感的旖旎和幻想，畢竟我們都是阿公阿嬤級的人了。妳是對的，冷卻了我的胡言亂語和胡思亂想，不該還讓彼此中年的生活亂了套。當我看到臉書上，妳與孫子合影的迷人和燦爛的笑容，那有孫萬事足的模樣，令人欣羨，而這一切都再清楚不過了。

打開LINE的群組，發輝兄傳來一則感人的故事「木槿花開時」，看著故事的字幕，背景故事配合著歌手刀郎有點沙啞的嗓音，唱著「黃玫瑰」的歌聲，一股婉轉哀怨的情懷油然而生：「黃玫瑰，別落淚，所有的花兒妳最美，……心中有愛就很美……」，雖然此時此刻，我們無法在最美麗的時候相見，但這也無妨。

是的，妳已將最美麗的人生風情與浪漫懷想給了我，雖然，數十年來我們未曾再見；如今再看到妳亮麗的倩影時，多少湧起年少的激情，一如當年、一如昨日。未來不一定能再相見，但這一切，對我而言，已經足夠。

（二〇一六、二、六，金門日報文學副刊）

【導讀與玩賞】

青年男女的感情是這樣的神奇：

假如妳我不曾相遇，我不會相信，有一種人可以百看不厭，可以一認識就覺得充滿溫馨和美好。

但，常因雙方或環境、文化、磁場等等因素不對盤，因而不能修成正果。鵬來甚至悲觀了起來，說：

假如我們不曾相遇，在漫漫人生中，我還是那個我，偶爾做做浪漫的青春美夢，雖然已經不再年輕。然後，開始日復一日的在平淡無奇的軌道上奔波，這一生也會被淹沒在這喧囂的塵世裏。

患得患失的心理，是正常的戀愛心理；但，鵬來是單戀，還沒有正式開始呢。三十年後，因同學會而可再見一面；又藉著臉書，有補足一些，透露一些。但，敏銳的女心察覺了，勇退了：

幸好妳在臉書的訊息上，從熱烈回應到淡然回應，到冷漠以對的靜默旁觀，讓我鬆了一口氣。妳說，不習慣這樣的友誼存在，要我放下這段中年對情感的旖旎和幻想，畢竟我們都是阿公阿嬤級的人了。……當我看到臉書上，妳與孫子合影的迷人和燦爛的笑容，那有孫萬事足的模樣，令人欣羡。而這一切都再清楚不過了。

鵬來就是這麼深情，走出來，看過去，不再執著了：

數十年來我們未曾再見；如今再看到妳亮麗的倩影時，多少湧起年少的激情，一如當年、一如昨日。未來不一定能再相見，但這一切，對我而言，已經足夠。

這何嘗不是一種真愛的表現?!

輯五、別開生面

這輯，收有「鴿樓」、「手洗衣物感觸多」等四篇散文，寫生活中的另一面向，另有一番新感受：

「鴿樓」：「心靈寄託的一片天地，『天空任鳥飛』的悠然情懷，充塞心田。」

「庭院變書房」：「就著燈影一盞，我放鬆了自己，握住了一分閒情，湧起久違的瀟灑。」

「高樓向晚」：「我可以感受到宇宙萬物的生生不息，一天的榮辱皆忘，有羽化登仙之感。這樣的日子，這樣的生活，使我怡然自得，不再有所求。」

而「手洗衣物感觸多」？「那是一種勤儉的美德，一種對樸質生活的感受。」

鴿樓

鴿房主人，為鴿子張羅吃的。一隻隻的鴿子就列隊站在鴿樓的屋簷上，好像在接受主人的校閱……。

對面鴿樓，建在五樓頂，粗陋的建築，遠遠的看去，似乎不太牢靠。然而颳了幾次強風，仍然看見它矗立在那兒，絲毫未損。

每次假日，我在六樓的書房裏，均可以看見鴿樓主人爬上爬下，不時的拿起「強力鴿」的紅旗幟搖擺一陣。一大群的飛鴿翱翔四處，不時從我窗前飛過，每一隻鴿子飛翔的姿勢均不太一樣，那種自由舒暢，毫無拘束的飛躍，我想是鴿子的最大樂趣吧！

每天，旭日初昇，我就看見鴿房主人架著樓梯，爬上樓梯，為鴿子張羅吃的。一隻隻的鴿子就列隊站在鴿樓的屋簷上，好像在接受主人的校閱。過後不久，群鴿便展翅飛翔，迎向旭日，迎向萬丈光芒。鮮活的影子，帶著一絲絲金色，彷彿是昂揚萬里，虎虎生威的巨鷹。

當我把一切瑣事料理妥當，準備下樓上班時，我可以聽到那充滿活力「咯——咯」的叫聲，給我帶來無限的生機；一天的日子開啟了序幕，我踏著輕盈的腳步下樓。

傍晚，夕陽餘暉伴我返家，還沒有踏進屋子，屋外的天空，已有五、六十隻鴿子在飛翔，雖然不是非常壯觀，然而在都市，那也算是一分美的饗宴了，值得安慰的了。我必然站在樓頂的欄杆旁，數著一隻隻的飛鴿。我的思緒也會隨著飛鴿遨遊天際，探訪逐漸滑落的夕陽，和那變幻萬千的天邊彩霞，我感到一陣的幸福和滿足。

在暮色蒼茫中觀賞群鴿飛翔的情態，總是帶給心靈的一陣悸動，益加懷念鄉居的日子。在故鄉，幾乎處處可見鴿房，而飛翔的鴿子帶著一陣陣的哨聲，在我頭頂上掠過。那種值得期待的美感、樸拙的野趣，帶著一分鄉野的律動和生機，散佈在故鄉田園的每一個角落。

每天當我放學後，牽著家中那隻老牛上田吃草的時候，一群群的飛鴿，自由自在的向牠們目標翺翔。我總會幻想自己是一隻飛鴿，尾隨牠們之後，奔向不可預知的未來。那時，心中一陣愉悅，心際一陣舒坦，我要向廣瀚無垠的生活天地邁進！要向人生的理想園地出發！我要像一隻白鴿撲翅之後的勇往飛翔！更要像一隻虎虎的巨鷹，傲視群倫，展翮萬里。

在都市，在紅塵萬丈中討生活，心境時常不能清明，而我不時的要尋覓一片自由寧靜的樂土。想不到，搬來這兒就發現書房對窗樓頂的一大間鴿樓。那是我心靈寄託的一片天地，「天空任鳥飛」的悠然情懷，充塞心田，我不覺自足的笑了，笑得何其豪邁，也何其開朗！

【導讀與玩賞】

小小鴿樓，鄉下常見，城裡少有；鵬來賃居城郊，幸而得見，成為他心靈寄託的新天地，看鴿子飛翔，心為之一清：

群鴿便展翅飛翔，迎向旭日，迎向萬丈光芒。鮮活的影子，帶著一絲絲金色，彷彿是昂揚萬里，虎虎生威的巨鷹。

鵬來不禁回想起童年、飛鴿、老牛的美妙記憶與無邊想像：

在故鄉，幾乎處處可見鴿房，而飛翔的鴿子帶著一陣陣的哨聲，在我頭頂上掠過。那種值得期待的美感、樸拙的野趣，帶著一分鄉野的律動和生機，散佈在故鄉田園的每一個角落。

每天當我放學後，牽著家中那隻老牛上田吃草的時候，一群群的飛鴿，自由自在的向牠們目標翱翔。我總會幻想自己是一隻飛鴿，尾隨牠們之後，奔向不可預知的未來。那時，心中一陣愉悅，心際一陣舒坦，我要向廣瀚無垠的生活天地邁進！要向人生的理想園地出發！我要像一隻白鴿撲翅之後的勇往飛翔！更要像一隻虎虎的巨鷹，傲視群倫，展翮萬里。

城鄉每有大大的差異，但鴿樓看鴿，卻是共通的美好。這種美好，透過這篇傑作，令讀者益加悸動不已。

庭院變書房

老家屋舍不大，要找一間可以讀書、寫作、泡茶聊天的地方，可是煞費苦心，仍無法如願。

這三合院歷史超過五十年，返鄉定居的那些年，不但將屋瓦翻新，外牆也加以整修粉刷。然而，外觀雖然改頭換面，屋內可以運用的空間依然不大，我日夜苦思良策，……。

白天，有家事須協助，也有老爸田裡的農作待理；還好，夜晚便是完全屬於我的時間了。在逐漸酷熱的南台灣，屋裡沒裝冷氣，的確讓人有些難受。

有一天，太座提議，何不把「庭院」變「書房」？

當天晚上，我就把書桌、座椅搬到庭院靠近客廳的地方。在客廳前的屋簷下有一盞日光燈，妻為我找來延長線，安上小型電扇；桌下再點了一圈蚊香。我們夫妻倆各據一方，她讀書，我寫作。

愛妻轉到屋裏取來冰開水、飲料後，眼神深情的望向我，讓我充滿浪漫和幸福。倆人就著月光，妻說：「很特別的感覺吧！」

我點點頭，沒出聲。闔上書冊，耳朵傾聽著大地的蟲聲唧唧，仰望著黝黑天際的皎潔月光，以及閃爍不定的星子，分散在浩瀚的宇宙中，也落在我的心坎裡。

就著燈影一盞，我放鬆了自己，握住了一分閒情，湧起久違的瀟灑。白天幫農的辛勞，已化作一縷輕煙。十多年大都城的苦澀生活際遇，仍不時浮上心頭，但已化為甜蜜的回憶，常駐，在心頭……。

（一九九五、十一、五，文化總會《活水》雙週刊，〈庭院是我的書房〉）

【導讀與玩賞】

尋常的事物、尋常的小確幸，在某些人家卻是大事。「懷此頗有年」，一朝得所願。一間小書房這檔事，對鵬來來說，只在妻子的一轉念之間達成：庭院何妨做書房？！有心讀書，何處不可？何處不是書呢？清國張潮『幽夢影』早有許多會心的見地：「善讀書者，無之而非書：山水亦書也，棋酒亦書也，花月亦書也。……」（第一四七則）而鵬來的是：

> 把書桌、座椅搬到庭院靠近客廳的地方。在客廳前的屋簷下有一盞日光燈，妻為我找來延長線，安上小型電扇；桌下再點了一圈蚊香。我們夫妻倆各據一方，……
>
> 愛妻轉到屋裏取來冰開水、飲料後，眼神深情的望向我，讓我充滿浪漫和幸福。倆人就著月光，……

輕鬆自在，有月光有涼水，更有識字愛妻相陪，已是最愜意的書房了。鵬來更以夜空大自然的星月、星月下的唧唧蟲聲為書，說道：

闔上書冊，耳朵傾聽著大地的蟲聲唧唧，仰望著黝黑天際的皎潔月光，以及閃爍不定的星子，分散在浩瀚的宇宙中，也落在我的心坎裡。

高樓向晚

黃昏了，西天揚起朵朵繽紛雲彩，我坐在六樓頂一間小閣樓的書桌旁，望著金黃的夕陽緩緩滑落。這時，左右高樓頂上的鴿樓旁，鴿群主人正賣力地揮擺著紅旗幟，一隻隻的鴿子展翅飛起；牠們翱翔的姿態舞弄著彩霞的瑰麗光影，把向晚的天色點綴得更加美麗。

我走出書房小閣樓，向西邊望去，渾圓的夕陽把建築物披上一層淡金色衣裳，帶金色的景物與遠遠早亮起的霓虹燈，把暮色襯托得更為俏麗迷人……。種種的美感在眼前浮動，一幕幕的大地景物帶著一份深情，在心中慢慢升起，令我陶醉。

獨看夕陽、欣賞著彩霞滿天，是每天下班後，心情感覺最美好的時刻。畢竟一天只有一次日落，而那時正是我工作完畢，心情最舒坦、最放鬆的時候；我才能回到一個真實的我，才能感知自己靈魂的完整，屬於純真年代無華的我。

有時候，我會站在樓頂，向下看看小巷子倉促行走的人群和車輛，感受都城的繁華興盛；偶爾搬出一張小板凳，獨自欣賞群鴿飛翔遨遊的各種姿影。此時，我可以感受到宇宙萬物的生生不息，一天的榮辱皆忘，有羽化登仙之感。這樣的日子，這樣的生活，使我怡然自得，不再有所求。

我看著千變萬化的雲霞，從中找到一片自由寬闊的天地，任心靈馳騁遨遊在大地的每一角落。滿足而快慰的沉思冥想，把整個自我投入日月山川的流轉裡，沒有壓力，沒有束縛；人生最美好的情事，不正是如此？

雖然離鄉背井出外討生活，向人租賃房子，住在最頂樓的建築裡，腳無立錐之地，但我並不灰心，也不苦惱。我有「心」，也有寧靜的心靈世界，讓人間的美好景物，在心中留駐。在美妙的人世間，把自己定位，並不浮沉於名利的追逐，也不掙扎於人生的苦海，心性隨自然而來，也自然而去，讓生命的清純境界，緩緩流盪吧！因此，不憂心自己在俗世中生活，也不恐懼在塵世中不能立足。

從小在鄉間長大，綠色大地，舉目可見，任人徜徉、留戀，那是一個多美的青翠世界。吃著自己種的白米和菜蔬，甜美而知足，恐怕不是忙碌的現代人可以理解的吧？在鄉居的那段歲月，最喜歡的仍是黃昏時刻。每天傍晚後，便與父親或哥哥踩著夕陽餘暉回家，一路沐浴在薄暮蒼茫中，顯得踏實無比。在烈陽中揮鋤彎腰，勞累的工作，就更令人喜愛與盼望黃昏的那一刻早點到來。

我自詡是南方大地的行吟歌手，盡情而瀟灑的耕耘那一方田園。犁鋤所到之處，盡是萬里平疇的新綠。就讓音符譜滿年輕人的心聲和激情，散佈在故鄉莊園的每一個角落。

屬於南方那一大片空曠的鄉土，使我痴迷，那真是一塊純樸的大地：有的是燦爛耀眼的海岸、明媚誘人的林郊、靜謐安詳的鄉野，在心中烙下深深的印痕。在大地平野闊上欣賞夕陽的心情，寂靜而悠遠：高樓中看到的那一點夕陽，就不能相比了。曾在南方的故鄉，與南方的脈搏一起跳動，把年少的高昂情懷，流蕩成一股對生命狂熱的理想激流。

獨立高樓，望盡天涯路，未來的天涯是如何的近，又是何其遙遠，我不禁感傷起來，每當在暮色蒼茫中審視自己的時候。

對面鴿樓的屋簷上，已停滿數十隻遊罷歸來的鴿群，「咯—咯」的叫聲，似在訴說牠們暢快的心情。只見鴿群主人正忙碌的為牠們張羅食物，一隻隻鴿子快活的昂首闊步，走進鴿房。

天色向晚，黯黑自四面洶湧而來。白日已褪盡，黑夜才剛剛開始，我看見一顆顆星星漸漸亮了。晚風輕拂，大地的聲響一時沉寂下來，我走進了自己的客居閣樓。

【導讀與玩賞】

黃昏高樓上到底有甚麼驚奇呢？是夕陽，是彩霞，更有飛鴿、鴿背上夕陽之美，美得最特別：

西天揚起朵朵繽紛雲彩，我……望著金黃的夕陽緩緩滑落。這時，……一隻隻的鴿子展翅飛起；牠們翱翔的姿態舞弄著彩霞的瑰麗光影，把向晚的天色點綴得更加美麗。

向西邊望去，渾圓的夕陽把建築物披上一層淡金色衣裳，帶金色的景物與遠遠早亮起的霓虹燈，把暮色襯托得更為俏麗迷人。

由景生情，此情鵬來感受特深，是他生活情調、生命記憶深處的寫照；他說：

一天只有一次日落，而那時正是我工作完畢，心情最舒坦、最放鬆的時候；我才能回到一個真實的我，才能感知自己靈魂的完整，屬於純真年代無華的我。

看著千變萬化的雲霞，從中找到一片自由寬闊的天地，任心靈馳騁遨遊在大地的每一角落。滿足而快慰的沉思冥想，把整個自我投入日月山川的流轉裡，沒有壓力，沒有束縛。

他更回憶起童年、鄉下的夕陽與生活，都在他的心眼裡永駐：

在鄉居的那段歲月，最喜歡的仍是黃昏時刻。每天傍晚後，便與父親或哥哥踩著夕陽餘暉回家，一路沐浴在薄暮蒼茫中，顯得踏實無比。

在大地平野闊上欣賞夕陽的心情，寂靜而悠遠：高樓中看到的那一點夕陽，就不能相比了。曾在南方的故鄉，與南方的脈搏一起跳動，把年少的高昂情懷，流蕩成一股對生命狂熱的理想激流。

末了，鵬來任當下的意識流動：「一隻隻鴿子快活的昂首闊步，走進鴿房。」而鵬來？

獨站高樓，望盡天涯路，未來的天涯是如何的近，又是何其遙遠，我不禁感傷起來，每當在暮色蒼茫中審視自己的時候。

最後，也只得「走進了自己的客居閣樓」。

手洗衣物感觸多

在沒有洗衣機的年代，用手洗衣服是最常見不過的事。然而，在家家都有洗衣機的現在，多少人早已忘懷手洗衣服的滋味；包括我在內，可以用洗衣機代勞，何須自討苦吃？尤其是寒冬時節，冷水可以不碰就不碰。想想，能用洗衣機洗衣服，是一件多麼幸福容易的事！

大嫂及妻子是手洗衣服的專家；每天幾乎看到她們一下班，就把一大桶衣服搓洗一番。妻子的解釋是某些較「貴重」的衣物，用手洗可以延長衣服的壽命，因為它們經不起洗衣機的攪動；另外，也有些衣物會褪色，只能手洗，否則，其他衣服會遭殃！

母親從年輕開始，手洗全家衣服到現在；家裡的全自動洗衣機，她用不習慣，也不太會用。一方面手洗比較乾淨，另一方面則可省下不少水，她經常這樣說。她現在已近七五高齡，仍然蹲在水槽旁搓洗她的衣服。有時，她也會把家人的衣物拿去「偷洗」；讓我們「羞愧」萬分。但有時想想，手洗衣服也是一種運動，只要老人家歡喜就好，不是嗎？

有一次，妻子忙著煮晚餐，我自告奮勇的代洗她的外出服。這才發覺，其實用手搓揉衣物的感覺也不錯；重拾過去單身旅外就學手洗衣服的情懷。那是一種勤儉的美德，一種對樸質生活的感受。但，現在已少見婦女蹲在清澈溪邊浣衣的畫面了。

手洗衣服，讓我在忙碌的生活中，重新發覺單純無華的可貴。

（一九九八、五、二十九，新生報家庭版）

【導讀與玩賞】

機械代替人工後，丟棄了許多人生的美好滋味。鵬來以洗衣為例，使用洗衣機，方便容易、快速、省時省力，不在話下；但，也失去了手部運動的機會、單純樸質生活的感受、勤儉的美德。更重要的是：「某些較『貴重』的衣物，用手洗可以延長衣服的壽命，因為它們經不起洗衣機的攪動；另外，也有些衣物會褪色，只能手洗，否則，其他衣服會遭殃！」（妻說）

鵬來自告奮勇的代洗妻的外出服，他的感受是：

在忙碌的生活中，重新發覺單純無華的可貴。

輯六、田園四季

鄉村四季分明，風景、地物、人文生態、……，多種多樣，是農鄉作家最拿手的題材；鵬來也不例外，這輯八篇散文，篇篇精彩可讀：

「萬種風情」：把春天的木棉樹寫活了。

「春燕去且來」：寫一窩春燕的來且去，徒留全家人的遺憾。

「春耕情事」：在敘寫春耕諸多農事之餘，表現農家人情味，頗為突出。

「早春夜讀」：由夜讀中悟出許多人生大道理。

「戀戀鳳凰花」：南部多處的鳳凰花開，都讓夏日的城鄉熱鬧非凡；而鵬來小學時校園內的鳳凰記憶，最是有情。

「秋野入眼來」：天涼的季節，秋野最令人喜愛。午後的秋景，顯然是鵬來筆下的主角。而大自然中的人文生活，更是秋意滿懷，悠然忘我了。

「冬日．沉思．記憶」：寫冬陽的和暖、北風的肅蕭，那黃沙滾滾，都讓人沉思生存的意義。文中，也寫美好記憶，在深夜，在凌晨。

「暖冬剪狗毛」：寫妻子冬日剪狗毛，如何剪出好心情。

萬種風情

潮來潮去，春去春又回，我的心情與細胞都因春天的到來而愉悅甦醒，正所謂「枯木逢春」。眼前的景致，經過一季寒冬的脫胎換骨，每棵樹都抽長出淺綠的新芽和嬌嫩的新葉，就在道路的兩側，輕易地佔滿整個鄉間，一派輕鬆自然的唱起迎春曲，頌讚春神來了。好像年少的情懷，總感覺是韶光無限，青春無敵；征服人們的心靈，一路展開雙臂，擁我們入懷。春風拂面的溫煦，讓心花也朵朵開，笑容展現。

那條從住家通往妻子服務學校的「木棉大道」，每年三、四月，木棉花光燦奪目，引人入勝；氣勢雄壯非凡，高聳挺立的樹齡已有三十年，各以威武不可侵犯之姿夾道而立。那渾厚筆直的樹身，長滿了大小不一的瘤刺；深具陽剛之美，因而有「英雄樹」、「攀枝花」（諧「斑芝花」）的美稱。

看著每棵都有兩三層樓高的木棉樹，在秋冬季節，枝葉逐漸枯黃凋零，直到禿枝滿樹，充滿蕭瑟之美。望著樹上側枝輪生、水平開展的枝條，有種風骨嶙峋蒼涼獨立的寒意。但，它無視於寒冬冷峻的淬煉，赤裸挺立的悲壯，正激勵振奮鼓舞著人心向上。冬末，木棉樹的禿枝上，隱藏著蓄勢待發的靈動生機，即將突圍寒冬的冷意，帶出生命勃發的綠意新芽，欣欣向榮，讓人感受到春天的活力和美好。

令人難以相信枯槁的枝榦和無葉的枝頭，會開滿絢爛的花朵。那繽紛豪放的手采，在朗朗晴空的陽光照耀下、在春暖的和風吹拂中，是那樣的自由奔放，美不勝收。它會在春末夏初之際，讓逐漸成長的橙紅花苞和火紅的花朵，長滿樹頭，綻放鮮豔氣息，顯現自然風情的高貴。

每一朵木棉花都有手掌般大，厚實的花瓣綴著盈盈的瑞意和喜氣，質感溫潤靈柔，讓人想一親芳澤；在亮麗陽光的加持下，更加彰顯出對生命的自信與驕傲。一樹燦爛的顏彩，潑灑在眼前，恣意的在大自然的綠意中塗抹，令人眼花撩亂。尤其每當我看到帶刺老榦細枝上的朵朵花苞，映著青天白雲，就覺得大地生機勃發而繽紛熱鬧；那是植物生意盎然的一種展現，也是春末特有的一番風情。那種直逼胸臆的豪情，充分表現百花春意鬧的景致！

眼前的紅花似火，高掛枝頭。昨日一夜無語；而今日卻奔騰著炙熱情懷，朵朵招展的紅花蕊，蜂蝶爭相告知點染，舞在枝頭，舞在春季的衣裳裡。春花天色，映襯人間，紅粉鮮嫩的在天與地之間搔姿弄影。這是個充滿希望、值得莊稼漢勤奮春耕的三月天。在花團簇擁之際，人人摩拳擦掌，群鳥同鳴，引伴共舞，喚醒大地迎接春陽。

春暖百花開，桃李杏花舞動手姿，薄霧似輕煙繚繞，萬種風情迴盪，人人神清氣爽、笑逐顏開。如詩如畫的季節降臨，大地也讚頌人間難得幾回春。極目四望，到處充滿生機：百花爭妍、蟲鳴鳥叫，是對春天最虔誠的禮讚！

（二〇一二、三、二十三，青年日報副刊）

【導讀與玩賞】

熟語「萬種風情總是春」，春天該怎麼描繪呢？百花爭妍、蟲鳴鳥叫；但，鵬來卻聚焦在木棉的變換與大方的綻露：

> 木棉樹，在秋冬季節，枝葉逐漸枯黃凋零，直到禿枝滿樹，充滿蕭瑟之美。望著樹上側枝輪生、水平開展的枝條，有種風骨嶙峋蒼涼獨立的寒意。但，它無視於寒冬冷峻的淬煉，赤裸挺立的悲壯，正激勵振奮鼓舞著人心向上。冬末，木棉樹的禿枝上，隱藏著蓄勢待發的靈動生機，即將突圍寒冬的冷意，帶出生命勃發的綠意新芽，……

由秋枯→冬禿→春甦，描述得很寫實。

而重點在春意最熱鬧的木棉花綻放的情景，豪壯超俗，筆力萬鈞：

在春末夏初之際，讓逐漸成長的橙紅花苞和火紅的花朵，長滿樹頭，綻放鮮豔氣息，……。每一朵木棉花都有手掌般大，厚實的花瓣綴著盈盈的瑞意和喜氣，質感溫潤靈柔，讓人想一親芳澤；在亮麗陽光的加持下，更加彰顯出對生命的自信與驕傲。

這是特寫一朵木棉花瓣。而下段是寫一樹的木棉花叢：

一樹燦爛的顏彩，潑灑在眼前，恣意的在大自然的綠意中塗抹，令人眼花撩亂。……那種直逼胸臆的豪情，充分表現百花春意鬧的景致！

鵬來再以昨今、未開與開花，對比出那給人的大驚奇：

眼前的紅花似火，高掛枝頭。昨日一夜無語；而今日卻奔騰著炙熱情懷，朵朵招展的紅花蕊，蜂蝶爭相告知點染，舞在枝頭，舞在春季的衣裳裡。春花天色，映襯人間，紅粉鮮嫩的在天與地之間搔姿弄影。……

春燕去且來

昔時一首膾炙人口的小令，語言流暢婉轉，娓娓傾訴心中諸多情愫，意蘊深廣，充滿哲思。其中「無可奈何花落去，似曾相識燕歸來」，已成千古名句。

初春傍晚時分，與妻散步村道，看到暮色金黃暗紫，彩霞滿天之際，鄰居三樓半旁的天空，飛滿春燕，數百隻的黑壓壓燕子狂飛鳴叫，為我們夫妻數年來所僅見，大為驚奇。

仲春的夜晚，我聽到父親嘟囔著，二樓房建築的一樓屋簷內，有燕子築巢，是否要生小燕子？當時我聽不懂父親的話語。之後才知，父親關注春燕築巢已一陣子，那一陣子，他在屋簷下做運動，時常看到燕子進出築巢，已經忙了半個多月了；當時我不在意，也不曾抬頭仰望。

有一天，父親又告訴我說，晚上要關下一樓鐵門時不要太大聲，以免驚擾到燕子；這時，我才注意到「春燕築巢」的奇蹟。

父親關心燕子，叮嚀我們進出門口要輕聲細語，避免打擾到燕子的生活。他說媽祖繞境祈福時，熱鬧的人潮，和我在門口附近所放的一大串鞭炮會不會嚇到春燕，讓牠們不敢進門歇息。

那天，白天看不到燕子的蹤影，父親有些煩惱，晚上要我們再瞧瞧燕子的芳蹤，看看是否歸巢。當我們告知他，燕子都回來了，老父黯黑的臉龐露出難得的微笑，欣慰的說，燕子果然不怕人潮和鞭炮聲。

舒爽的春日，午餐飯後，我用閒散的步履，也特別戴起近視眼鏡細觀生態奇蹟，看不到雙燕，但見一小塊一小塊泥土、一小圈又一小圈堆砌，圍起半圓形的燕子的城堡，不禁感動莫名。在比一個手掌還大的城堡下徘徊，發現泥巢上垂掛著幾條枯草枝，地上掉下一小片的小欖仁樹葉和細草葉。一週前，我還發現有三分之一的泥土還是濕的，如今巢已築成，可以想像雌雄雙燕是何等賣力的築巢，牠們要奔跑多少趟才能築起這窩泥巢！築起的巢是鳥蛋溫暖的家，也是出生幼雛的孕育地，由此更見證父母愛的偉大。

大嫂在夜晚時刻，發現雌雄燕子站在巢邊守候，便告知老婆前去觀看；她趕緊拿出手邊的單眼相機過去拍照。結果在架設腳架之際，驚擾到燕子，燕子在屋簷下亂飛一陣，最後終於拍到數張雙飛燕，讓我大開眼界。

近二十天，才見到孵出的小燕子，嗷嗷待哺張嘴的幼雛叫喊聲，在屋簷下迴盪著，我們靜觀著母燕來回奔波的餵著雛鳥。幾週後，我們忙碌的空檔，看著母燕帶著兩三隻幼燕，在屋簷下鳴叫，擺翼飛翔。

接著是，鳥去巢空……，這才驚覺夏去秋來了！

（二〇一三、六、十五，青年日報副刊）

【導讀與玩賞】

具體的描寫家燕來築巢、產卵、孵蛋和小燕學飛的整個生態過程。家中老小男女都參與其中，好像一齣歡喜劇。

但劇情到最後，是一窩燕子的來且去，徒留時光飛逝的傷感。

文中最動人的情節，是：老父對燕子的深深呵護，無微不至，怕牠們受到種種的驚擾：

仲春的夜晚，我聽到父親嘟囔著，二樓房建築的一樓屋簷內，有燕子築巢，是否要生小燕子？有一天，父親又告訴我說，晚上要關下一樓鐵門時不要太大聲，以免驚擾到燕子；父親關心燕子，……他說媽祖繞境祈福時，熱鬧的人潮，和我在門口附近所放的一大串鞭炮會不會嚇到春燕，讓牠們不敢進門歇息。

那天，白天看不到燕子的蹤影，父親有些煩惱，晚上要我們再瞧瞧燕子的芳蹤，看看是否歸巢。當我們告知他，燕子都回來了，老父黯黑的臉龐露出難得的微笑，欣慰的說，燕子果然不怕人潮和鞭炮聲。

春耕情事

過完春節，大地春回，人間似乎在沉醉中甦醒了，各行各業開始新一年的忙碌和打拚；而農人更是如此，又積極振作的起早趕晚，展開新一季的耕種。

隨著季節的遞嬗，從立春、驚蟄，直到清明，這段期間依然春寒料峭，仍有不斷冷颼颼的寒流來襲；但，一望無際，嘉南平原的田野，處處漾滿無限的春意，眼前綠得徹底的大地，讓我也打從心底喜悅起來。

幾乎每天的下午，我都會從書房晃盪而出，或徒步，或驅車前往自家的田園，吸收一點大地新鮮的氣息，感染一些田野的生命力。觀看四周的農地、向有經驗的務農者討教，全力準備新一期的春耕。心頭有些盤算，例如田埂的鬼針草與牛樟草該除了，不該再偷懶了，再如何的腰痠手疼也要咬牙挺過去；一甲多的地該灌水了；……該到育秧中心洽秧種稻了。

路過兩旁的田野間，三五成群的農夫、農婦散落在空曠的田地上，彎腰低頭的作田。總不忘跟幾位熟識的村人打打招呼，讚美他們栽種的聖女小番茄紅艷艷的，一定甜美可口。他們也不吝地招呼我：「要吃，下來採摘啊，不必客氣。」我怎忍心吃免費的？因為番茄顆粒嬌小，採收的工作非常不易，彎腰或蹲著，或拿矮凳子坐著工作，又吹風日曬的，可謂粒粒皆辛苦啊！我只能快速離去，以免尷尬。

大小型的耕耘機具穿梭在田裡翻土整地，一趟又一趟，轟隆的引擎聲吸引數十隻雪白的鷺鷥，呼朋引伴的飛來聚集，旁若無人地閒步，優雅地低頭啄食；牠們動感的姿影翩翩，是讓人永遠看不膩的春光，也特別能感受一份春耕又春暖的風情。

已灌滿水，等待擇期插秧映著藍天的秧田，很像一處處的埤塘；陽光燦然，白雲樂與群鳥優游共徘徊，充滿詩意。大地就是我們的母地，是我們生命的活水源頭，細心呵護照料，才能讓後代子孫得到滋養，有生生不息的未來啊。

兩人一組的插秧機也開始陸續的完成插秧工作，觸目所見，一塊塊的水秧田鋪陳在小徑的兩旁，少少幾根的小稻苗讓人想像和充滿希望，能在四個月後，有一大片黃金稻穀的豐收。就像幾個月前旱地耕種的，曾是幼苗弱不禁風的菜苗，現在已成三四手掌大的翠綠高麗菜、鮮綠欲滴讓人想咬一口的美生菜、成排整齊頭好壯壯的結頭菜、如天上雲朵的綠花椰菜等等蔬菜，均已成熟可以採收了。

有的則開始新一期的種植，搭鐵條、拉繩子成半圓形的棚架，種番茄苗；有的灑種豆種花生、有的則插竹竿鋪黑網撒芹菜種……，點點滴滴的農事，大家各忙各的。我心頭溢滿著春意，感受大地的生機盎然，也天真的幻想著，有一天我會成為更專業的農耕者。

（二〇一七、五、九，金門日報副刊文學）

【導讀與玩賞】

春耕是農夫的事業，一年中的大事，不畏春寒料峭，逕往田水裡泡。

鵬來返鄉後，更加勤於農事；而退職後，更要做個如假包換的專業農夫，於是，「觀看四周的農地、向有經驗的務農者討教」，用心用力事春耕。

本文寫如何整地、除草、灌水、插秧等等之外，描繪田野風光、菜蔬美象，抒寫農人的情味最吸引人：

> 總不忘跟幾位熟識的村人打打招呼，讚美他們栽種的聖女小番茄紅豔豔的，一定甜美可口。他們也不吝地招呼我：「要吃，下來採摘啊，不必客氣！」我怎忍心吃免費的？因為番茄顆粒嬌小，採收的工作非常不易，彎腰或蹲著，或拿矮凳子坐著工作，又吹風日曬的，可謂粒粒皆辛苦啊！我只能快速離去，以免尷尬。

早春夜讀

這陣子，春雨綿綿，大地沉靜，萬物經過雨水的洗禮，顯得那麼乾淨舒爽，連心靈都澄澈清明起來。農村的夜，原本就寂靜，莊稼漢的夜生活在八點過後，逐漸沉寂，九點電視連續劇告一段落，許多人就寢休息，明天的農作仍是一場挑戰。我們一家人八點過後，才開始享受夜的寧靜，陶醉在精神食糧中。

我們在各自的書堆中，尋找生命的真理與生活樂趣：國、高中的孩子為課業忙到子夜；妻子在她的一片書牆前潛心坐讀，我不知她們心中有何感想？而我卻感到前所未有的壓力；因為在五十之後，真要卯起勁來讀書，確實力有未逮——近視與老花，體力、心力與生活瑣事，都是一大考驗，帶給我歲不我予的驚慌。面對年前、年後瘋狂購置的五十本，面對成堆從書店和網購搬回來的新書，惟恐年華消逝得快，無法盡情閱讀：一天容易又黑夜！

以前甚少購書，看的各類書，幾乎都是妻兒到書店和網購得來。如今自忖退休之後有的是時間，每到書店一定購買幾本。以前只買教育叢書，如今的生活養生、名人傳記、成功企業家的祕訣和現身說法，都加入我購買的書單，不知不覺中，書已氾濫成災！所幸，它們帶給我許多啟示：透過採訪者的描繪，看到成功者背後孜孜矻矻的經營，令人讚歎他們的傑出和成就。還有一些名家的散文、小說；小小年紀就得到各種文學獎，早慧的天才原是存在人世間的，而且比比皆是；這是年

過半百的我所不及，不禁擲筆三嘆。

在群書閱讀中，看到真實與虛構的人生在眼前翻滾，是也？非也？看見歲月洪流下芸芸眾生百態；一頁頁無聲的文字說法，每每在心海中掀起驚濤駭浪，教人為之驚顫不已！但，只要有心，歷史就在眼前；純真樸直的奮鬥人生未曾遠去，點點滴滴的過往情懷並未消失。這些優質的人生典範，終必被記憶、效法。不論最後的成果是甚麼？那都是一齣齣撼動人心的故事。

知天命了，方才覺知，但願仍未晚也。——猶如在早春，喚醒心中冬蟄的昏沉，與田野紛飛的白鷺，一起舞在真實而生意盎然的春光裡。

（二〇一七、五、十，青年日報副刊）

【導讀與玩賞】

本文書寫鵬來難得早春夜讀的經驗，最重要的是，書所給予的啟發，處處見寶；例如：

透過採訪者的描繪，看到成功者背後孜孜矻矻的經營，令人讚歎他們的傑出和成就。

在群書閱讀中，……看見歲月洪流下芸芸眾生百態；一頁頁無聲的文字說法，每每在心海中掀起驚濤駭浪，教人為之驚顫不已！但，只要有心，歷史就在眼前；純真樸直的奮鬥人生未曾遠去，點點滴滴的過往情懷並未消失。這些優質的人生典範，終必被記憶、效法。不論最後的成果是甚麼？那都是一齣齣撼動人心的故事。

最好的是，鵬來這樣子作結：

知天命了，方才覺知，但願仍未晚也。——猶如在早春，喚醒心中冬蟄的昏沉，與田野紛飛的白鷺，一起舞在真實而生意盎然的春光裡。

戀戀鳳凰花

端午的那天一早，載女兒搭高鐵北上。回程時，路過虎尾墾地里的大圳旁，發現兩棵四、五十年的鳳凰樹，正盛開著燦爛豔麗的紅花。一時間，老婆的浪漫指數破表，為河邊極具誘人張力的色彩所迷惑，雖然車子已駛過了，但心癢難忍，只好繞一大圈轉回頭。走進花樹間，拿起手機拍照，也拿起畫紙本，遠近各速寫數張，感受讓紅火包圍的燦爛之美。

與妻返回雲林定居多年，第一年曾在故鄉崙背的隔壁村大有國小任教。校園內種了五、六棵姿態風情萬種的鳳凰木，這排樹已成為村民避暑聊天聚會的所在。如今，我也離開了那所學校，不過每當盛夏來訪，我總會想起那一年，常帶學生在大如綠傘陰涼的鳳凰木下，進行的畫畫與學藝活動，那畫面已成為心頭一幅美麗的風景。

臺南府城昔有「鳳凰花城」的美名，鳳凰樹散落在市內各處，令過客放慢腳步，品味好風光。個把月前的假日，老婆的台南闗廟同學伉儷，曾招待我們夫妻府城一日遊。在人山人海的古蹟中遊走，也順道逛了台南大學、台灣文學館與孔廟一帶，發現路旁也有不少的深具歷史的鳳凰木。

燃燒的鳳凰木，一路從南往北燎起。我家附近的土地公廟旁，也看到鳳凰木盛開，在少數翠綠的樹葉襯托下，豔麗的鳳凰花鋪天蓋地，更加迷人，有的低垂，有的高掛枝頭，隨風擺動，像一隻隻的花蝴蝶舞動在樹叢間，徧地落花在路邊鋪出一層層的紅地毯。

使我想起童年往事，國小的校園內，蟬鳴鼓動著一整排的火紅鳳凰花，常與同學在樹下撿拾花瓣，做成一隻隻的蝴蝶，夾在單色的課本中，添增童年歡樂的色彩。下課時間，更撿拾成熟掉落的黑色長豆莢，扮演官兵抓強盜的戲碼，度過童年無憂的美好時光。每隻花蝴蝶，都在呼喚著驪歌響起。……別離的季節帶著愁緒與飛揚的心情，交雜著盛開的鳳凰花，讓人湧起複雜的情懷。

童年的歲月已遠，然而充滿豔夏熱情的鳳凰花依然迷眩著我們的雙眼，豔紅的色調渲染著我們的平淡日子，不時的

燃起我們生命對理想與夢想的渴望。

寂靜孤獨的村居生活，每到夜晚時分，夫妻對望，無所事事，這時，因著繪畫的狂熱未退，拿出白天的速寫本與照片，努力認真的調色，上色。整個心情沉浸在揮筆繪畫的紛圍中，偶爾也聽著閩南語老歌星的經典老歌，一再播放著，心緒與靈魂隨著畫紙的顏料悠遊在畫紙中。在熱浪中也能享受寧靜的夏夜，在畫紙中遨遊著，享受著別有一番天地在人間的悠閒滋味。

（二〇一七、七、三，中華日報副刊）

【導讀與玩賞】

和上文「萬種風情」把木棉樹寫活了一樣，本篇也把鳳凰花寫活了！

文中，寫到虎尾壟地里的大圳旁、大有國小、臺南府城的鳳凰花、家附近土地公廟旁的鳳凰倩影。例如寫家旁的，說：

鳳凰木盛開，在少數翠綠的樹葉襯托下，豔麗的鳳凰花鋪天蓋地，更加迷人，有的低垂，有的高掛枝頭，隨風擺動，像一隻隻的花蝴蝶舞動在樹叢間，偏地落花在路邊鋪出一層層的紅地毯。

但都不如鵬來就讀國小校園內的鳳凰記憶：

國小的校園內，蟬鳴鼓動著一整排的火紅鳳凰花，常與同學在樹下撿拾花瓣，做成一隻隻的蝴蝶，夾在單色的課本中，添增童年歡樂的色彩。下課時間，撿拾成熟掉落的黑色長豆莢，扮演官兵抓強盜的戲碼，度過童年無憂的美好時光。

鳳凰花開時，正是畢業驪歌初起時，鵬來感嘆著：

呼喚著驪歌響起，別離的季節帶著愁緒與飛揚的心情，交雜著盛開的鳳凰花，讓人湧起複雜的情懷。

秋野入眼來

近日來，臺灣南部艷陽依然高照，酷熱一如暑夏。雖在鄉間，夜晚仍得開開冷氣消暑，方能入睡。沒想到昨日傍晚五點多，陣陣涼風襲來，一掃熱浪暑氣，真舒服！入睡之際，只開電扇，帶著清涼的感覺入夢。

半夜二、三點，身上的薄毯無法抵住寒意，難道我喜歡的秋涼時節已經來到？次日，身著汗衫、短褲，在晨光中行走，涼爽的風兒吹來，不自覺的打了一個冷顫。眼前，秋的氛圍逐漸輕灑，嚐到空氣中的蜜意馨香，心中有一份難得的清爽與暢快。

車經小鎮的路上，兩旁成排高聳的美人樹，在翠綠的樹葉中，一團團粉紅色的花朵隨風搖擺，開成一大片一大片燃燒般的燦爛，在眼前。繁華如夢般的風景，讓走過的行人驚豔！

散步前進村路，偶見幾片水黃皮樹的葉子變了金黃，鮮亮了我的眼睛，捕捉到秋天的一份輕柔。午後三、四點過後，暑熱褪去，騎上單車，邁向田野的牛車路。休耕的田園一片，徧植油菜花與太陽麻綠肥，白鷺、野鳥紛紛飛起。零零落落的莊稼漢，或施肥，或噴藥，散落各處。那豐盛的大地，載滿無窮旺盛的地氣精力；金黃的陽光，到處顯影，一起為生命吹奏頌歌。

單調的黃泥地上，展現不同調的手采，有的田地上才灌滿水，剛整完地；有的田地上已種上菜苗；也有鋪滿各種蔬菜。一群村婦正分工採收美生菜，顯出秋日的豐收與生動。更多的是，種著成長期不一的水稻，但同樣是綠意盎然，陣陣金風送來，為秋天增添另一番風情，令人忘憂。

在這迷人的秋天，胸臆中不自覺的充滿感動與懷思，彷彿自己也是位吟遊詩人。這時，在自家庭院，拿張靠椅，泡杯咖啡或茶，讀讀散文或小說，從文人用心寫出的字句中，探索生活內涵；更因心靈的澄澈，燭照外物，心底湧現滿腔柔情。十分溫暖的愛著這樣的生活，在這悠悠的生命長流裡……。

（二〇一一、十、十九，中華日報副刊）

【導讀與玩賞】

鵬來喜歡天涼的季節，尤其季節裡的秋野。

在晨光中行走，涼爽的風兒吹來，不自覺的打了一個冷顫。眼前，秋的氛圍逐漸輕灑，嚐到空氣中的蜜意馨香，心中有一份難得的清爽與暢快。

這是秋晨。

RAINBOW

暑熱褪去，騎上單車，邁向田野的牛車路。休耕的田園一片，徧植油菜花與太陽麻綠肥，白鷺、野鳥紛紛飛起。零零落落的莊稼漢，或施肥，或噴藥，散落各處。……金黃的陽光，到處顯影，一起為生命吹奏頌歌。單調的黃泥地上，展現不同調的丰采：有的田地上才灌滿水，剛整完地；有的……已種上菜苗；也有鋪滿各種蔬菜。一群村婦正分工採收美生菜，顯出秋日的豐收與生動。更多的是，種著成長期不一的水稻，但同樣是綠意盎然，陣陣金風送來，為秋天增添另一番風情，令人忘憂。

這是下午的秋景，顯然是主角。而這時的人文生活，更是秋意滿懷，悠然忘我了：

在自家庭院，拿張靠椅，泡杯咖啡或茶，讀讀散文或小說，從文人用心寫出的字句中，探索生活內涵；更因心靈的澄澈，燭照外物，心底湧現滿腔柔情。十分溫暖的愛著這樣的生活，在這悠悠的生命長流裡……。

冬日．沉思．記憶

剛過完新曆年，才在春日暖陽下，賞玩著花圃中十幾棵矮牽牛花的繽紛，五六棵紅、黃、白、粉紅玫瑰的燦爛，以及秋海棠展出的迷人姿容；翠盧利不受季節影響，盛開著盈眼的粉紅和藍紫色彩；又陣陣迷迭香味迎面撲來……。

而此刻，冬風蕭蕭，不少花兒已漸褪色，連原本種在圍牆旁翠綠的七里香，也有不少枯萎黃葉飄飄，方才驚覺，秋天已畫下句點！一年容易又冬風。

北風一陣陣急急颳來，在眼前翻拋著一片片的枯葉；暖暖的冬陽，照亮橙黃的色彩，燦爛著季節交替的風情。看著迤邐冬光漫天飛舞，不冷不熱的氛圍根本不似冬日；特別澄清的天際，薄薄白雲帶著棉球似的造型飄浮著。早晚，屋旁周圍的四、五棵樟樹搖曳，迎著有些蕭瑟的寒意。此刻也會帶來清醒的思維，讓浮亂的心緒沉靜下來；冬季是適合沉思的季節。

近日，氣溫突然下降，北風猛烈颳起濁水溪床上乾涸的塵土，直往南岸雲林我窩居的鄉鎮吹襲，屋內家具和地板，每天都有掃不完的飛沙，庭院更有掃不完的滾滾落葉，村人和我同聲唉嘆，卻又無可奈何。遙望遠處地平線上的那一大片田野，飛沙刮人，層層的像薄霧，在曠野中放肆的襲捲而來。抵擋不住的翠綠田園，頓時灰頭土臉，農作物泡湯了，令人看了心疼又心酸。

是的，無情的歲月記載著曩昔的年少記憶，過往與父親奔勞的農耕歲月，不時的在冷意中咀嚼。冬日的嚴寒，讓我冷縮在書房一角，藉著書報溫熱自己的心靈，好像如此這般，冬天就好過多了。而記憶會在腦海中放映著一部部的電影，映照著人生的多少冬日，在異地求學、工作中飄流，隱約的窺見到青春年華不再，邁向中年的驚慌；純真無憂的笑靨隱去，也逐漸有了生活的擔子壓力，展現著不自覺的、深鎖著的眉頭。

記憶中的南臺灣故鄉，冬天依然是清爽亮麗的。有時蔚藍的天空晶瑩透明，舒爽宜人，呈現著另一種美。只是有時入夜後的冷，毫無遮掩的直撲嘉南平原而來，冷入骨子裡，常讓人無法消受。深夜，邁出屋外，更深露重人靜，大地四處蒼茫，不似在人間。唯有滴滴露水落在屋簷下的響聲，喚回了自己。一彎月牙依舊高掛天際，星兒逐漸隱匿。不管未來如何，人間自是有情天。凌晨時分，月光格外清亮，瑩瑩灑落，白紗一片。嚴冬，依然承載著美好的記憶。

（二〇一一、十二、十八，青年日報副刊）

【導讀與玩賞】

雲嘉平原的冬日景象特殊，固然有冬陽的和暖，更多的是北風肅蕭，無法生活。更有那黃沙滾滾，暗無天日的歲月。這些，都在鵬來的筆下留下了刻痕：

北風猛烈颳起濁水溪床上乾涸的塵土，一直往南岸雲林我寓居的鄉鎮吹襲，屋內家具和地板，每天都有掃不完的飛沙，庭院更有掃不完的滾滾落葉，村人和我同聲唉嘆，卻又無可奈何。遙望遠處地平線上的那一大片田野，飛沙刮人，層層的像薄霧，在曠野中放肆的襲捲而來。抵擋不住的翠綠田園，頓時灰頭土臉，農作物泡湯了，令人看了心疼又心酸。

冬風蕭蕭，不少花兒已漸褪色，連原本種在圍牆旁翠綠的七里香，也有不少枯萎黃葉飄飄，方才驚覺，秋天已畫下句點！一年容易又冬風。北風一陣陣急颼來，在眼前翻拋著一片片的枯葉。

而鵬來對冬日的美好記憶又是甚麼呢？

暖暖的冬陽，照亮橙黃的色彩，燦爛著季節交替的風情。看著迤邐冬光漫天飛舞，不冷不熱的氛圍根本不似冬日；特別澄清的天際，薄薄白雲帶著棉球似的造型飄浮著。早晚，屋旁周圍的四、五棵樟樹搖曳，迎著有些蕭瑟的寒意。此刻也會帶來清醒的思維，讓浮亂的心緒沉靜下來。

此外，更在在深夜，在凌晨：

深夜，邁出屋外，更深露重人靜，大地四處蒼茫，不似在人間。唯有滴滴露水落在屋簷下的響聲，喚回了自己。一彎月牙依舊高掛天際，星兒逐漸隱匿。不管未來如何，人間自是有情天。

凌晨時分，月光格外清亮，瑩瑩灑落，白紗一片。嚴冬，依然承載著美好的記憶。

這就是文人的鵬來、多情的農鄉作家，總有正向、超凡的看法與生活。

暖冬剪狗毛

在這寒流時常來襲的季節，只要巧遇假日冷意稍歇，便有閒情做做家事。那天，陽光露臉，早上十點多，有一股暖意，耳際又傳來柴可夫斯基降B小調第一號鋼琴協奏曲，原本以為會影響到我悠讀閒書的心情，沒想到是那麼美好的心靈體驗。沉醉在樂音中，配上窗外的暖陽，通體舒暢。從窗口望出去，陽光鋪在三合院四周，妻正在屋簷下忙著替毛小孩剪毛。看她專注的身影，讓我覺得這真是一幅寒冬好風景。

家庭生活逐漸進入空巢期，妻子每天回家都會跟綁在欄杆的那隻迷你狗打招呼說幾句話。她常說牠是女兒的狗兒子，所以是她的乖孫。利用閒暇為西施狗兒「喵喵」洗澡，她總是自得其樂，當成紓解工作壓力的妙方。她看到狗兒毛髮長長，都費心的修剪。剛開始，狗兒都很害怕，而老婆的技術也不純熟，時常剪到牠的皮膚。她只好到寵物店請教寵物店的老闆，結果花了二千多元買了寵物推剪，回家後迫不及待的試用，果然好用。

在冬天日照下剪狗毛，老妻汗流浹背，可見剪毛也不容易；不少飼主都會定時把寵物帶去給寵物店美容。但妻都樣樣自己來，與狗兒奮鬥半個多小時後，不得不找人幫助；聽她傳喚，我趕緊過去，協助抓狗腿，讓妻子修剪牠肚子和四肢的長毛。只是狗兒都不太聽話，一直咬推剪。妻子一直安撫，讚美孩子般的對牠說：「要乖，要乖哦！剪起來才漂亮；不然，醜醜沒人要哦！」雖然百般安撫，妻子依然得奮戰不休。最後剪刀、推剪一起來，兩個老夫老妻對付一隻小狗，竟然不輕鬆，煞費心力。

洗完澡的狗兒一身清淨，高興得蹦蹦跳跳；狗臉似乎露出笑容，我們的快樂指數也跟著提高。沒想到冬日洗狗兒，也為我們帶來好心情。

（二〇一三、十二、二　十三，馬祖日報鄉土副刊）

【導讀與玩賞】

本篇的主題在寫冬日悠讀閒書之外，就是寫妻為毛小孩剪長毛的經歷；表面上好像沒甚麼，實則在表現空巢期夫妻，在尋常生活中如何找尋樂子的努力：

家庭生活逐漸進入空巢期，妻子每天回家都會跟綁在欄杆的那隻迷你狗打招呼說幾句話。她常說牠是女兒的狗兒子，所以是她的乖孫。利用閒暇為西施狗兒「喵喵」洗澡，她總是自得其樂，當成紓解工作壓力的妙方。

剪狗毛也要專業，鵬來首先敘述妻子學習專業的過程說：

剛開始，狗兒都很害怕，而老婆的技術也不純熟，時常剪到牠的皮膚。她只好到寵物店請教寵物店的老闆，結果花了二千多元買了寵物推剪，回家後迫不及待的試用，果然好用。在冬天日照下剪狗毛，老妻汗流浹背，可見剪毛也不容易。

半個多小時後，不得不動用老公的雙手了：

我趕緊過去，協助抓狗腿，讓妻子修剪牠肚子和四肢的長毛。只是狗兒都不太聽話，一直咬推剪。……雖然百般安撫，妻子依然得奮戰不休。最後剪刀、推剪一起來，兩個老夫老妻對付一隻小狗，竟然不輕鬆，煞費心力。

文章的結尾最能顯示本文的主題、寫作動機：

沒想到冬日洗狗兒，也為我們帶來好心情。

輯七、親情招喚

這最後一輯，收入「母啊，食飽未」、「公車上的人母」等六篇散文。是鵬來這位大孝子寫其父母親情無微不至的流露。末篇擴及公車上一母慈愛的故事。

「母啊，食飽未」：鵬來在母後百日，思念持齋的母親為家人準備葷食的愛心，倍加感動；想起慈母生前種種身影，哀思無止，尤其文末說：「母啊！這些日子來，我們都和以前一樣的感覺　您一直都在；但，卻不曾在午夜夢見　您返家，　您在西方佛國好嗎？」最賺讀者眼淚。

「毛帽思親」：毛帽，原是鵬來母親生前在寒冬裡常戴著，坐在客廳，看著老小在屋裡來來去去，……。如今帽子戴在鵬來頭上，那種感受、那種心境，唯有他最清楚了。

「最好的榜樣」：鵬來年輕時就能深深體味出父親為家務農，艱苦備嚐的種種，長篇描述身教，處處是教誨，真實無華；而無一句言教。他說道：『「爸爸」這個名詞，在我心靈中，闡明著生命傳遞的一種莊嚴，代表著全家生活的支柱和無限的支援；在平淡的歲月中，有偉大而深層的意涵。』這句話最能顯現此文的主題「遊子心情」：多愁善感的鵬來，在異鄉歲月中，遊子念親懷鄉的情懷飽滿，每每想及老父務農的辛勞。由幾張父親挑瓜子擔的照片呈顯。挑美濃瓜擔，極不輕鬆，在第一輯的「美濃瓜情濃」一文中，有最深的描繪。

「雨農．悲涼．憶」：雨水與農作息息相關：乾旱傷農，霪雨數日？亦大不妙！必須看天曬穀，最怕是突如其來的「夕暴雨」，一不小心可要血本無歸！這時，農人的悲涼可知。

「公車上的人母」：側寫一對母女互動所展示出：母親的耐心和母愛，令人感動。鵬來從而憶起老母親的辛勞與母愛的不可或缺。

母啊，食飽未

「母啊，食飽未？」這句話，是幾位出嫁的姊姊打電話給老媽的第一句問候語。多年來，與母親生活在一起，我甚少這樣問，也認為她三餐等一切都很正常；如此自然的生活氣氛，感覺都非常好。

雖然剛調職回家鄉的那些年，母親為了健康和信教，已持齋多年，不再吃葷食，她總是自己有一套鍋碗瓢盆，不曾覺得麻煩。她知道我們夫妻要上班，也從不麻煩我們煮一頓素齋給她吃。她吃得簡單，也沒有要我們跟著她吃齋，怕不習慣。尤其父親每天必須到田裡做農事，或打粗重零工，因此她依然為我們烹煮葷食。

如今，媽媽沒留下隻字片語就走了，在百日內，清明節的前一天，我們準備了木瓜、柑橘、蘋果等水果在內的整桌素食，包括：素雞、素肉、素丸子、高麗菜、豆乾等等，還有幾位姊妹為母親摺的許多蓮花、衣服和元寶、金紙等。當我代表林家子孫點三炷香告知母親，希望她不要客氣，盡情的、放心的享用這些菜餚時，我不禁淚眼迷濛；前人說：「在生一粒豆，勝過身後拜豬頭」，不就是這番景象嗎？

這個道理我們都懂，可是我都沒做到。母親最辛苦的這些年，能在她身邊奉養的不多。雖然有幸與雙親同住，但工作勞碌，也常難以晨昏定省。當我娶妻生子，更是把心力放在妻、兒身上。

一般身為雙親的，只是盡義務的把子女養大可以自立，不奢望能得到孩子的回報，我的雙親也一樣；所以我自認不是孝子。

那天上午十一點多，桌上供著豐盛的祭品，希望母親能安心的享用。一小時後，我用十元銅板向母親擲筊，問她吃飽了沒？結果是笑筊；我想是因為母親戴假牙，會吃得比較慢。我說：「不然，再等個二十分鐘再燒金紙可以嗎？」母親允筊。

經過二十多分鐘，我又祈求是否可燒金紙？結果笑筊。我在母親的遺像及神主牌前跪拜，誠心懺悔說：不孝子的我，在她歸天之後的半個多月，在晨昏時刻，不曾端過一次飯菜來祭拜她（都由大嫂、大哥和太太負責），雖然懺悔已晚，也只有請媽媽原諒孩兒的不孝；結果還是笑筊。我又向母親說：「是否供奉蓮花祭拜得太少，需要再增加一些？」結果允筊。如此前後經過二小時，才完成清明祭拜的儀式。母親是一位殷實厚道慈悲的人，與鄰里相處和善；開一爿小雜貨舖，不會計較賺錢與否，不會為難人家，更不會為難家人。

母啊！這些日子來，我們都和以前一樣的感覺 您一直都在；但，卻不曾在午夜夢見 您返家，您在西方佛國好嗎？

但願，這一切只是個夢；夢醒了，我們母子可以再回到從前，那該有多好！我會輕輕的向 您問一句：「母啊，食飽未？」

（二〇一二、十一、二十八，金門日報文學副刊）

【導讀與玩賞】

「母啊，食飽未？」簡單的一句問候，平時，理所當然的不必說；但，這句深情的問候，卻在鵬來母親走後百日內，希望母親來託夢時，是最想輕輕地問一聲的。

這句話貫通本文的頭尾，令讀者感動莫名。

本文中幅，擲筊請示母親的經過，一而再再而三，在瑣細的過程中，表露孝子的心無遺：

> 那天上午十一點多，桌上供著豐盛的祭品，希望母親能安心的享用。……我用十元銅板向母親擲筊，問她吃飽了沒？結果是笑筊；我想是因為母親戴假牙，會吃得比較慢。我說：「不然，再等個二十分鐘再燒金紙可以嗎？」母親允筊。經過二十多分鐘，我又祈求是否可燒金紙？結果笑筊。

我在母親的遺像及神主牌前跪拜，誠心懺悔說：不孝子的我，在她歸天之後的半個多月，在晨昏時刻，不曾端過一次飯菜來祭拜她，……雖然懺悔已晚，也只有請媽媽原諒孩兒的不孝；結果還是笑筊。我又向母親說：「是否供奉蓮花祭拜得太少，需要再增加一些？」結果允筊。如此前後經過二小時，才完成清明祭拜的儀式。

毛帽思親

強烈中國冷氣團來襲，我這毫無遮攔的南部蝸居，也吹來陣陣強大的刺骨寒風。夜晚的酷冷，讓我整理文稿的思緒幾乎打結；老婆隨手拿來一頂絨毛帽戴在我頭頂上，瞬間一股暖流從頭頂暖到腳底。

奇特的質感，把帽子摘下一看，忍不住心頭一震，是母親的遺物！

毛帽是小妹購買的，外皮還閃爍著細微的光點，內裡是毛茸茸的土黃色，帽緣外縫掛著一朵粉紅色的布花，花朵中間鑲嵌上一顆褪色的白珍珠。花朵是老婆從她的外衣上拆下來縫上的，說是有朵花比較好看。

這頂毛帽，母親在寒冬裡常戴著，坐在客廳，靜靜地微微笑著，看著一家老小在屋裡來來去去，為生活的日常忙碌。回娘家的姐姐們經常哄著母親，讓她試穿各種款式的衣服，讚美她穿起來年輕好看，讓八十幾歲高齡的老母親笑意深濃。那笑容在夜裡昏黃的燈光下，無比的美好和溫馨。

當我踱步在書房內，老婆走來我面前，雙手促狹似地撫摸著我的雙頰說，你戴這頂帽子看起來很像清國皇帝喔！一時讓我哭笑不得，卻讓我愈加思念起母親來。

（二〇一六、二、一，人間福報家庭版）

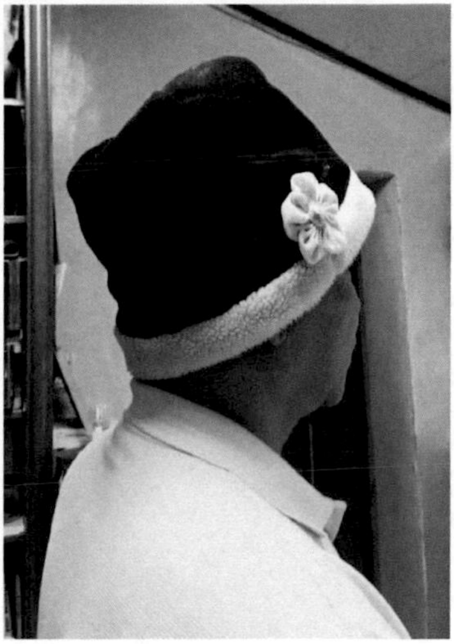

【導讀與玩賞】

像清國皇冠的毛帽，原是鵬來母親晚年的遺物，如今戴在頭上：

> 奇特的質感，把帽子摘下一看，忍不住心頭一震，是母親的遺物！

鵬來敘述母親戴帽子等的情狀，盡是溫馨的回憶：

> 這頂毛帽，母親在寒冬裡常戴著，坐在客廳，靜靜地微微笑著，看著老小在屋裡來來去去，為生活的日常忙碌。回娘家的姐姐們經常哄著母親，讓她試穿各種款式的衣服，讚美她穿起來年輕好看，讓八十幾歲高齡的老母親笑意深濃。那笑容在夜裡昏黃的燈光下，無比的美好和溫馨。

最好的榜樣

今年父親節的來到，使我想起去年的七月，父親為了固守田水，頂著午後炙熱陽光，忍受挨餓的事。那時，多少農人望著酷熱炎炎的氣候而憂愁，望著乾裂的河底而悲傷嘆息；天天的勞碌，為的只是一些能供耕種灌溉的田水。因此，有抽水機的農夫就日夜不停地抽水；沒有的，就得守著水利會的抽水馬達分一些水來耕種。

有時為了爭那一點點水資源，彼此會不顧住同村里的情面，吵得臉紅脖子粗。有人說，莊稼是農人生命的一切，但雨水又何嘗不是呢？那時的父親為了田水，就常常早出晚歸，他不識「勤苦、勞苦」的字眼，但為了我們全家大小，不得不辛苦的守護田園，伴隨著星辰與日月，守著耕耘田園的孤獨和寂寞。

負笈異鄉的日子裡，只有寒暑假在家，父親從不要求我們兄弟上田幫忙；有時下田工作，比較粗重的農事，也不給我們做。放假在家，常會遇到村裏的熟人，他們總會叮嚀我們說：「你父親拚老命地工作，供給你們讀書，長大後，你們要如何的孝順他們？」聽過這些訓誨之後，一股辛酸湧上心頭，我低頭，無言。

父親終年的與泥地為伍，天天做同樣的工作，既辛苦又單調乏味，箇中滋味豈是年少心靈的我所能體會？在農忙期，我和哥哥跟隨父親拿起鋤頭，在大太陽底下揮汗修鋪田埂，挖補要種各種蔬菜、花生和甘藷等田壟的工作，終能明白做農事的不易，要有耐操的體力和定力。因此，當我幸運地能一路求學，在陰涼的教室內唸書的時候，就會聯想起村莊裡那些熟識的叔伯對我戲謔的問話：「讀書辛苦？還是做農事辛苦？」這些話語帶給我的警惕和勉勵，我都謹記在心。

在就讀臺北師專四年級的那年暑假，父親的小腿受傷，哥哥和我到田裡幫忙施肥，我背起滿滿的肥料桶子，在稻田的軟泥中寸步難行；曾有數次差一點要跌坐在秧田上。肥料的粉末如飛砂飄入眼睛；幾趟下來，肥料細粉黏在濕透的汗衫上，粗重的負荷與難受，也使我想起某次父親腳趾受傷依然下田施肥的事：

那次，父親上田忘了帶茶水，我依照母親的吩咐送茶水到田裡；他工作到一個段落，停下來喝些茶水，接著又背起了肥料桶子繼續工作。那時，剛好鄰田的嬸嬸在巡視秧苗，看到我到田裡來，便走過來跟我聊天，她說：「唉呀！你爸爸一大把年紀了，你應該跟他學學做農事；不然，像他腳受傷了還得下田，不是很難為他嗎？」

父親這棵大樹，為我們一家遮風遮雨的，他每次從田裡回家，不曾聽他說過一次累；子女們那能明白他終日辛勞，為孩子成器成材拚鬥的心？看著他灰白的髮絲在微風中飄揚，和那漸去漸佝僂的身影，為自己無能為力挑起他肩上的重擔而自責萬分。

那次以後，我假日返家，放下自以為是的身段，用心體驗真正的田園生活，也感受到大地萬物欣欣向榮，自強不息奮進的啟示。嚐到和父親一樣肉體的疲憊與痠楚。施肥和噴灑農藥所造成的筋骨疼痛痠麻，讓隔天的我下不了床；這使我能徹悟生長在清貧之家的子弟，能追求知識學問是相當幸運和可貴的。

多少的父親節過去了，我依然不知道父親的年紀，也沒有刻意去記憶他的生日是那天？直到有一天，看見他吃完飯後，從嘴裡拿出兩片假牙來清洗。當他的癟嘴顯現在我的眼前時，方才驚呼，我的父親老了，老得已經沒有半顆牙齒了呀！仔細看他的容顏，全白的鬢毛在黝黑的臉上特別顯眼，一條條深陷的皺紋，刻畫著父親多少年來辛苦的印記。有牙齒的人哪能感受到他用那沒有牙齒的嘴巴，去咀嚼食物與面對未來人生，是何等的困難與吃力！

那年七月有天上午，父親做幫伴工替人挑秧苗，工作告一段落，回家才十點半左右，又趕著上田裏看守田水。午飯時，仍未見父親返家吃飯，我便騎上單車到田裡換他回家用餐。一路上，雲堆得很高，一股股的熱浪從沒有一縷風的原野包圍過來，連日來的熱氣奔騰，讓人感到每一吋的土地都有崩裂似的。

遠遠就傳來汲水引擎的聲音，站在小工寮旁的父親正拿著草帽在搧著風，我用勁猛踩單車的踏板，低頭看到快速通過小徑的轉輪，不禁感觸萬分：父親就像眼前不得停歇的車輪，在炎熱的艷陽下，仍得奔波前行。

幾個年長的姊姊早已出嫁了，家中只有哥哥、我和妹妹，母親常說：「要是咱們的男孩子早出生，你阿爸也不必這麼辛苦！」六十好幾年紀的爸爸，常為了賺點微薄的生活費用，就得挑起經濟的重擔。每當村里的熟人和父母在一塊兒聊天時，總會戲謔地說：「你們實在好命呀！至今仍有兩三個大孩子在唸書。」哪是好命？是拚老命才對；雙親苦在心裡，笑而不答。

「爸爸」這個名詞，在我心靈中，闡明著生命傳遞的一種莊嚴，代表著全家生活的支柱和無限的支援；在平淡的歲月中，有偉大而深層的意涵。從懂事以來，就覺得老爸很忙，少有時間和他聊天；尤其國小畢業後，離鄉念初中以後更是如此。偶爾和他一起吃飯，很少說話互動，不曾談些什麼？他也從不刻意教給我們什麼？但他以無言的身教，與人不計較、忠厚勤樸的個性、謹慎認真負責的做事態度，樹立我們為人處世的準則和標竿，使我們兄弟姊妹學會了堅忍、耐煩、自我負責的生活態度，坦然的接受成長和社會現實的考驗，從而求得踏實而有義的人生。

三十幾年來，我長大茁壯了，也在社會工作，有能力減輕家中經濟生活的負擔，而父親依然如昔日辛勤的工作，沒有改變他淡泊的生活方式。與從前不同的只是，他把騎了二十幾年的破舊鐵馬放進矮屋裏，換上小天使五十的機車；把那破舊變黃的草帽換成一頂新的。每當我在書房裡投閒置散，聽到熟悉的機車聲由遠而近，腦海就映著滿頭白髮的父親戴著草帽，騎著紮上鋤頭圓鍬的鐵馬，頂著大太陽奔馳在原野的石子路上，……。同時湧起小學唸過的那首憫農詩：「鋤禾日當午，……」不再是一個概念和字面的意義，而是農家赤裸裸真實生活的寫照。

如今的我，身在北部都城的異鄉做個春風化雨者，每到八月，慶祝父親節氣氛的濃郁，總使我思想起遠在雲林偏鄉從事農作的老爸、與他一起從事農事的種種。對父親數十年來辛苦的撫育和教導，表示由衷的感激，祝福他永遠喜樂、平安，老康健。

（一九八七、八、六，國語日報家庭版）

【導讀與玩賞】

本文詳述鵬來父親辛勤做農照顧全家，以無言身教的高情。語言細膩，能表出敬佩的孝心。一個個的例子，都動人心魄。

固守抽水馬達分些水灌田：

那時的父親為了田水，就常常早出晚歸，……為了我們全家大小，不得不辛苦的守護田園，伴隨著星辰與日月，守著耕耘田園的孤獨和寂寞。……

上田裏看守田水。午飯時，仍未見父親返家吃飯，我便騎上單車到田裡換他回家用餐。一路上，雲堆得很高，一股股的熱浪從沒有一縷風的原野包圍過來，連日來的熱氣奔騰，讓人感到每一吋的土地都有崩裂似的。

腳趾受傷依然下田施肥：

那次，父親上田忘了帶茶水，我依照母親的吩咐送茶水到田裡；他工作到一個段落，停下來喝些茶水，接著又背起了肥料桶子繼續工作。……那次以後，我假日返家，放下自以為是的身段，……嚐到和父親一樣肉體的疲憊與痠楚。施肥和噴灑農藥所造成的筋骨疼痛痠麻，讓隔天的我下不了床。……

年老無牙仍在為家奮鬥：

有一天，看見他吃完飯後，從嘴裡拿出兩片假牙來清洗。當他的癟嘴顯現在我的眼前時，方才驚呼，我的父親老了，老得已經沒有半顆牙齒了呀！仔細看他的容顏，全白的鬢毛在黝黑的臉上特別顯眼，一條條深陷的皺紋，刻畫著父親多少年來辛苦的印記。……

無言的身教最有效：

從懂事以來，就覺得老爸很忙，少有時間和他聊天；尤其國小畢業後，離鄉念初中以後更是如此。偶爾和他一起吃飯，很少說話互動，不曾談些什麼？他也從不刻意教給我們什麼？但他以無言的身教，與人不計較、忠厚勤樸的個性、謹慎認真負責的做事態度，樹立我們為人處世的準則和標竿，……。

遊子心情

把以前我跟爸爸拍攝的幾捲照片找出來，挑選一些比較得意的作品拿去相片沖洗公司做護褙；那是去年暑假返鄉時，自家美濃瓜田收成的季節拍照的。

那時的想法是想將快要消失的田野風情留存下來，另一方面也可以投稿。抵達北部工作地後，把美濃瓜及香瓜收穫的情景，用文字敘述及圖片表達出來，投稿給一家報紙，竟蒙刊用，心中自有無限的驚喜。

從相館拿回已護褙照片中，有幾張是父親挑瓜子擔的照片。他在那小小的瓜行溝中，吃力的走著，有時除了雙肩的負擔外，也用雙手去支撐和穩定瓜擔的重量，超過百斤的香瓜，沒有力氣的男人是挑不動的。前幾年，我還能協助挑幾擔，可是現在久不挑擔，只挑空籃，便感到雙肩負荷不起，尤其在那泥濘的瓜行中。

看著手中幾張顯得亮麗的照片，我特別能感受父親工作賣力、努力認真挑擔的精神。因此，我特地把一張父親在瓜擔前微笑的照片擺在日記本上，每天靜夜時分，一翻開日記，便可見到他。雖然現在父親遠在故鄉，但一看到照片，他樸實無華，照顧我們一家生活的種種便又浮現出來，使我倍感溫馨。

這段日子，寒意正深，時常孤獨的面對斗室的窗子、瞭望遠方，思索著自己的未來。——無

茨、無妻，而我也已逾而立之年。每次返鄉探親，父親總期待身旁能多個女人照顧他鄉的我，可是我一次又一次讓他失望。從國小畢業便飄泊異鄉，至今已逾二十年；異地為家，生活雖然有些孤單和辛苦，可是比起父親，那算得了什麼？他終年做粗重工作，舖田埂，做牛犁工，挑瓜擔，從田地裡背出已採收的農作物——玉米包、稻穀包、花生包等等，無日不與大自然為伍，受其體能考驗而無怨無悔。而我，手無搏雞之力，除了曾唸一些書外，還能做什麼？

每逢農忙季節，也側身收成的行列中，做一個有名無實的打雜小子，而父親總是擔心我的細皮嫩肉，經不起一些磨礪，給予不少的縱容。

這些年來，逐漸地遠離農事，每回返家，田野的翠綠只是驚鴻一瞥，拜訪那一叢叢的稻禾、逐漸長高抽穗的玉米，以及一行行的香瓜和番薯，心中真是百味雜存。曾經是童年嬉戲打滾，牽牛吃草的鮮綠大地，竟成遊子夢中時常思念的淨土……。

我知道，支持我在異地成長茁壯的是那塊自由寬廣的大地，以及誠樸無華的父親。父親日月耕耘的田野大地，有如一方池塘，成為澆灌我貧瘠心田的活水源泉，永恆不斷汩汩流盪著，不曾止息……。

離鄉背井做為一位異鄉的他鄉客，委實有些悲涼。在苦澀多於甜蜜的歲月中，獨自品嚐著鄉思、思親的淚水。曾自詡為一隻南來北往隨季節而居的候鳥，可是沒有身歷其境的人，誰又能了解其中的滄桑和無奈呢？

一盞昏黃的燈影孤獨的照亮著我心，夜正慢慢的深沉，冷意漸濃，望著父親那張充滿自信的照片，雖然他已是七八十的高齡，我的心突然感到暖和起來。

【導讀與玩賞】

鵬來因長年在外求學、就業，所以寫遊子心情、思鄉情懷的作品至多，也寫得蕩氣迴腸，感人至深。已故詩人莊柏林更曾說：思鄉是文學永恆的主題。

我們看鵬來的經驗：

父親挑瓜子擔的照片。他在那小小的瓜行溝中，吃力的走著，有時除了雙肩的負擔外，也用雙手去支撐和穩定瓜擔的重量，超過百斤的香瓜，沒有力氣的男人是挑不動的。前幾年，我還能協助挑幾擔，可是現在久不挑擔，只挑空籃，便感到雙肩負荷不起，尤其在那泥濘的瓜行中。

此寫父為農的辛勤；以父子相比。下段仍是如此：

我也已逾而立之年。每次返鄉探親，父親總期待身旁能多個女人照顧他鄉的我，可是我一次又一次讓他失望。從國小畢業便飄泊異鄉，至今已逾二十年；異地為家，生活雖然有些孤單和辛苦，可是比起父親，那算得了什麼？他終年做粗重工作，鋪田埂，做牛犁工，挑瓜擔，從田地裡背出已採收的農作物——玉米包、稻穀包、花生包等等，無日不與大自然為伍，受其體能考驗而無怨無悔。

呼應文首，睹照思人，強顏安慰：

離鄉背井做為一位異鄉的他鄉客，委實有些悲涼。在苦澀多於甜蜜的歲月中，獨自品嚐著鄉思、思親的淚水。曾自詡為一隻南來北往隨季節而居的候鳥，可是沒有身歷其境的人，誰又能了解其中的滄桑和無奈呢？一盞昏黃的燈影孤獨的照亮著我心，夜正慢慢的深沉，冷意漸濃，望著父親那張充滿自信的照片，雖然他已是七八十的高齡，我的心突然感到暖和起來。

雨農．悲涼．憶

童年不知父母愁，家裡大人、小孩近十口，除了愁吃穿，最愁苦的是孩子的學費。所幸因為吃苦耐勞的老爸，一身硬骨，為了家人，只得把自己當牛來駛：除了種植一、兩分農地，並在鄰近鄉鎮打零工、在家養母豬生小豬貼補家用之外；還隨著村人和鄰村莊稼漢組成的插秧團、割稻團、砍甘蔗團和打零工團，北起宜蘭南到高雄港，全國走透透做苦力賺生活費。

每年的農作收成，雖倚賴花生、番薯和蔬果，但農家仍以稻穀為最大宗。在每年六、七月的酷暑，家家戶戶的三合院和屋前廣場就成為曬穀場，金黃稻穀映入眼簾，在強烈陽光的照射下雖很刺眼，然而沒有這些酷熱陽光，農人便只能坐困愁城。

四十幾年前某個雨季，雨下不停。那時，我就讀小學，放學一進家門，發現三間房子的地板上都堆滿了稻穀，正用電風扇日夜不停的吹著。原來，那時候從田裏收成的稻穀，用麻布袋裝好，牛車運回家，就直接搬到屋內晾乾。我知道，如果雨下不停，在曬穀場塑膠帆布底下的穀子悶著都會發芽，屆時就沒有商人收購；不但學費沒著落，就連生活費都會出問題。因此，只要是下起濛濛小雨，大人們會把覆蓋穀子的帆布拉高透透氣。有時，還用十幾把鐵耙子的竹棍握柄，將帆布撐高，不讓穀子悶壞。每次一打開帆布，穀堆裡散發出潮騷難聞的「稻穀氣」，直衝鼻孔，真令人難受！

雨水日夜簌簌不停的滴落，人們在屋裡發愁；眼望天公不作美，把全村都浸泡在雨水裡，也將老爸的愁容和村人的憂慮浸泡在雨水裡，一如墨灰憂鬱的天空。屋旁、屋後的龍眼樹葉被洗得青翠發亮，卻洗不掉村人的無奈。如今的人們，很難想像當年農村每到雨季採收稻穀，都在寫悲涼的故事……。

偶爾天一放晴，太陽露臉，全家人就歡天喜地勤奮的將一大堆如小山丘的穀子，用鐵耙子耙成一畦一畦的，便於翻曬。熱得發燙的正午，不管是否會熱死人，大家都欣然地輪流翻曬著金黃稻穀；因為那是農人辛苦換來的黃金。只要有一星期的艷陽，就可以曬乾稻穀，再約商人前來收購，那是值得慶幸的事。但，有時往往高興不到幾刻鐘，天際猛然飄來幾朵烏雲，說時遲那時快，西北雨和閃電直撲下來；又有時如瀑布般的傾盆大雨，直接倒在曬穀場上，穀子根本來不及收攏成堆。

「去了了！……」村裡幾乎每戶人家都忙著搶收稻穀，呼天搶地的哀號聲此起彼落。一時之間不論老少，人手一把耙子全出籠，彎著腰、低著身子，奮力的搶救自家的財產，猶如進行某種搏鬥，對抗著不可違逆的天意。個個使盡所有力氣，拚命的將稻穀耙攏成堆；掃把刷著水泥地，稻粒揚起輕塵，汗水和雨珠齊飛。蒸騰而上的熱氣和稻穀煙塵撲鼻而來，躲也躲不掉。每人筋疲力盡虛脫的喘著大氣，紅咚咚的臉蛋任由汗水流淌，溼透全身，根本來不及擦拭；緊張無助的我們，只有聽天由命。有時人手不足，還得動用老牛駝著大耙子幫忙。現今回想起來雖覺有趣，當年卻是欲哭無淚！

如今的農村，到了夏末初秋，已難見庭院上曬著黃澄澄的稻穀；而是用卡車直接將收成的濕穀，整車送到農會繳穀，或送至碾米場烘烤，碾米後直接包裝冷藏；可說完全自動化，真是幫了鄉下老農許多忙，往後也不必再看老天爺的臉色了！

有時雨在窗外下著，我在屋裡定心閒坐，不禁慶幸時代進步，不必煩憂一年的收成會被大雨淹沒。雨打屋窗的聲音，竟有了安靜的閒情，可以用來讀書寫作。而我依然在四十多年歷史的三合院旁的西廂房中，找尋過往雨聲裡那一道道的印記，似乎特別懷念和沉醉於雨景的氛圍；只是，童年往事和年少青春，再也喚不回了！

（二〇一一、十一、八，青年日報副刊）

【導讀與玩賞】

本篇是很特殊的一篇，在當時的農村文字裡，也很少人提及霪雨傷穀的經驗。鵬來能詳述大家共同的慘痛記憶，說：

> 四十幾年前某個雨季，雨下不停。那時，……一進家門，發現三間房子的地板上都堆滿了稻穀，正用電風扇日夜不停的吹著。……如果雨下不停，在曬穀場塑膠帆布底下的穀子悶著都會發芽，屆時就沒有商人收購。……因此，只要是下起濛濛小雨，大人們會把覆蓋穀子的帆布拉高透透氣。有時，還用十幾把鐵耙子的竹棍握柄，將帆布撐高，不讓穀子悶壞。每次一打開帆布，穀堆裡散發出潮騷難聞的「稻穀氣」，直衝鼻孔，真令人難受！

霪雨天護穀的辛苦，如此這般。不知何時天放晴?!

雨水日夜簌簌不停的滴落，人們在屋裡發愁；眼望天公不作美，把全村都浸泡在雨水裡，也將老爸的愁容和村人的憂慮浸泡在雨水裡，一如墨灰憂鬱的天空……。

而放晴了，在大家忙著曬穀時，最怕的還是突如其來的夕暴雨（「西北雨」）：

偶爾天一放晴，太陽露臉，全家人就歡天喜地勤奮的將一大堆如小山丘的穀子，用鐵耙子耙成一畦一畦的，便於翻曬。熱得發燙的正午，……。但，有時往往高興不到幾刻鐘，天際猛然飄來幾朵烏雲，說時遲那時快，西北雨和閃電直撲下來；又有時如瀑布般的傾盆大雨，直接倒在曬穀場上，穀子根本來不及收攏成堆。「去了了！……」村裡幾乎每戶人家都忙著搶收稻穀，呼天搶地的哀號聲此起彼落。……每人筋疲力盡虛脫的喘著大氣，紅咚咚的臉蛋任由汗水流淌，溼透全身，根本來不及擦拭：緊張無助的我們，只有聽天由命。……

憶起此景此情，「過往雨聲裡那一道道的印記，似乎特別懷念。」鵬來在文末瀟灑的說。

公車上的人母

在一次外出逛街購物時，從板橋區搭車到台北市，在公車上看到我前座的一對母女，正演出一齣戲，吸引我的目光：小女孩約略三、四歲，有雙亮麗張望不停的眼睛，以及圓滾滾的臉龐，坐在她母親的大腿上。這位媽媽一手緊抱著女兒，另一手吃力的握著前座的扶把，車子在搖晃中向前行進著……。

才過了幾站，小女孩就直嚷著要喝牛奶，只見她一直搶翻她母親包包裡的奶瓶，她母親很有耐性地為她解釋說，下了車才能泡牛奶，因為車子搖晃不已無法泡牛奶。可是，女孩子無法理解，仍然和母親搶拿手上的小包袱。我真為這位母親的耐心和母愛所感動，因為她一面要抱稚齡的孩子，又要穩住自己的身子，還要固守身上的包包；而這位力大無比的「健康寶寶」，則以吃奶的力道扯著包包，媽媽幾乎要被甩出座位，讓旁觀者捏把冷汗。

就在一陣的忙亂中，小女孩的頭碰到不銹鋼扶把而大聲哭泣起來，媽媽不但沒有責備她，反而輕聲軟語的安慰、撫愛著她。我了解這是天下媽媽才能做得到的事。不一會兒，車內恢復了平靜，小女孩化哭泣為微笑，不再搶包包和奶瓶，好像也遺忘了肚子餓，不再不安的叫嚷。而她母親則扶著她去觀看車窗外飛逝而過的景物，開始進行母女溫馨的低語對話……；車上除了行進的聲響外，已沒有了吵雜聲。

當我下車時，禁不住的再次回首凝望這對讓我省思的母女，再向這位平凡而偉大的母親致敬。而這也讓我不自覺的思想起遠在故鄉的媽媽，感念著她這一生為林家劬勞奉獻一生，也讓我說聲：媽媽，我愛您，由衷感恩您！

我不禁的回想著，人類的個體從出生到成長、能獨立生活的過程，是不是都如此無禮的冒犯和頂撞自己的母親？而就因為有母愛和母性的光輝，才能逐一化解孩子生命中的諸多衝突，讓孩子在母親溫暖的臂彎內休養生息，成長，茁壯。如果沒有了母親，人類終必無法延續生命，健全的成長下來。

【導讀與玩賞】

此文，寫公車上所見一位媽媽如何有愛心、耐心和有智慧的照顧不懂事的幼女的情狀，引發作者不自覺的想起遠在故鄉的媽媽，由衷的感恩：

> 感念著她這一生為林家劬勞奉獻一生。

作者更進而由這一故事，想到天下母親都是如此的照顧著子女，子女才能如此幸福的長大成人，說道：

> 我不禁的回想著，人類的個體從出生到成長、能獨立生活的過程，是不是都如此無禮的冒犯

和頂撞自己的母親？而就因為有母愛和母性的光輝，才能逐一化解孩子生命中的諸多衝突，讓孩子在母親溫暖的臂彎裡休養生息，成長，茁壯。如果沒有了母親，……。

附錄一、散文家林萬來生平、寫作與教學簡譜

一九六〇年（民國四十九年）二月十八日，出生於臺灣雲林縣崙背鄉五魁村祖屋。

一九六六年九月，就讀崙背國小五魁分班（一、二年級導師邱穎川先生）、崙背國小（三四年級導師林永祥、余慶珍。五六年級導師李榮、鍾金木、周文政先生。校長廖海水、朱仰周先生）。

一九七二年七月，由崙背國小畢業；榮獲雲林縣長獎。

九月，負笈臺南縣柳營鄉私立鳳和初中就讀。（導師蘇鴻澤先生；校長楊聲喈先生）

一九七五年七月，鳳和初中畢業。

九月，考入省立臺北師範專科學校普師科。開始寫作，投稿報紙、雜誌，以及北師校刊等。（一年級導師徐紀兼國文老師。二年級導師許慈多兼國文老師。三年級導師呂祖琛；國文老師林政華博士。四、五級導師繆瑜，國文老師王秀芝）

一九七九年五月，獲教育部中華文化復興論文賽專科組佳作；林政華老師指導。

一九八〇年五月，獲教育部中華文化復興論文競賽專科學校組第四名。

八月，分發至臺北縣鶯歌鎮中湖國小教師，開始登上杏壇。

十月十一日，入伍訓練，擔任陸軍預備軍官少尉輔導長。

一九八二年八月二十五日，退伍。九月，重回中湖國小任教；開始投稿報章雜誌。
一九八三年六月六日，獲教育部中華文化復興論文競賽社會組第四名。
八月三十一日，獲財政部全國節約儲蓄作文類甲組佳作。
一九八四年十月二十九日，獲臺北縣海山東西區國語文比賽小學教師組第四名。
八月，考取國立臺灣師範大學教育學系進修部（夜間上課）。
九月十八日，獲教育部中華文化復興論文競賽小學教師組第二名。
十月三十日，獲臺北縣海山西區保防論文比賽教師第二名。
一九八五年元月十五日，獲臺北縣保防論文比賽教師組第二名。
五月二十日，三民主義論文競賽大專組第三名。
十月二十三日，獲臺北縣海山區國語文比賽小學教師組第五名。
一九八六年五月二十九日，獲教育部國語文教育論文競賽大專學生組佳作。
八月，調任臺北縣板橋市埔墘國小教師。
一九八八年六月，由臺灣師大教育系畢業，獲教育學士學位。（校長梁尚勇博士）
十月十四日，獲臺北縣板橋區國語文競賽小學教師組作文第三名。
十月二十八日，獲臺北縣國語文競賽小學教師組作文第一名。代表北縣參加省賽。
一九八九年十月十七日，獲臺北縣板橋區國語文競賽小學教師組作文第一名。
一九九〇年九月，第一本散文集『人在千山外』半自費出版（漢清出版公司）；林政華老師賜序。
一九九二年一月，第二本散文集『慈濟因緣——活在無窮的生命希望中』（頂淵文化公司。行政院新聞局推介為中小學生優良課外讀物）。

一月十五日，與南投縣中寮鄉王瓊慈小姐結婚。

考取臺北縣七十三期主任班一般地區第二名。（十一月十五日至八十二年一月二十三日板橋教師研習會受訓十週，結訓成績第四名。班主任謝水南博士）

九月，編輯『青青子衿　悠悠我心——國立台北師範學院王秀芝教授榮退紀念文集』，由臺灣書店出版。

一九九三年七月，出版『最初的感動——用心體驗生活帶來的感動』；『心靈的迴聲——傾聽生命中的另一種聲音』，王秀芝老師賜序。（均頂淵文化出版）

八月，分發臺北縣三重市五華國小擔任教師兼總務主任。

一九九五年五月，出版『溫柔相待』（與妻王瓊慈老師合著。頂淵文化；行政院新聞局推介為中小學生優良課外讀物）

八月，調職雲林縣崙背鄉大有國小教師。

一九九六年二月，考取雲林縣八十四期主任班第一名（四月二十九日至七月六日至臺灣省中等教師研習受訓十週，結訓成績第一名。班主任謝水南博士）。

三月，「我的成師因緣」一文獲台灣省文藝作家協會主辦「慶祝臺灣光復五十周年，祥和社會」徵文佳作獎。

八月，分發雲林縣麥寮國小海豐分校主任。

一九九七年八月，就讀國立嘉義大學教育研究所暑期四十學分班。

一九九八年八月，擔任麥寮國小教師兼訓導主任。

二〇〇〇年八月，嘉義大學教育研究所暑期四十學分班結業（校長楊國賜博士）。

二〇〇一年八月，就讀國立中正大學教育研究所碩士在職專班。

二〇〇二年八月，擔任麥寮國小教師兼總務主任。

二〇〇五年二月十六日，考取雲林縣一〇二期校長班第二名。（三月二十八日至五月二十日，至三峽國校教師研習會受訓八週，五至八週擔任組長，結訓成績全縣第一名。班主任何福田博士）

八月，擔任雲林縣麥寮鄉明禮國小校長。

二〇〇六年七月，中正大學教育研究所教育學碩士畢業。碩士論文：「國小校長工作壓力及其因應策略：以雲林縣為例」，指導教授曾玉村博士。（口試委員：吳金香教授、林明地教授、曾玉村教授。所長林明地教授）歷來引用者頗多。

二〇一〇年八月一日，由麥寮明禮國小校長任內退休。在五年校長任內，完成多項教學特色及工程，其犖犖大者如下：

九十五學年度起，以「明心見性，知書達禮」為辦學的指標。鼓勵學生閱讀、寫作，投稿文章及圖畫；不少學生獲得美術大獎及報章刊登。

九十五年九月二十七日，家長會及義工媽媽團隊工作成效獲肯定，台灣時報記者林源銘報導。

九十五年九月二十九日，有線電視雲林新聞網蒞校採訪播出訪問張戌儀、鄭玲玲、許美惠、林秀娥等多位義工媽媽、爸爸，協助學校借還圖書，整理校園環境，一、二年級午餐打菜，期許打造美麗新樂園。

九十五年十月二十四日，串珠教學活動——獲雲林新聞網採訪，刊登中時、聯合、自由、民眾等報紙媒體。

串珠教學主題活動，作品精緻，從十月二日起每週一、四下午二三節，連續三週，由麥寮農會推廣股的四健會負責推展，外聘串珠達人張齡玉老師，及許格嘉老師，指導六年級小朋友串珠藝術。筆者將詳情發表在二〇〇八、六，師友月刊。

九十六年六月二十九日，自由時報及新新聞報、雲林新聞網播出六年級畢業旅系列活動：探訪陶板藝術彩繪、虎尾吃牛排體驗吃西餐樂趣。

舉行畢業晚會，在草皮打水球的成長洗禮；舉辦明禮之光頒獎。

九十六年十二月一日，明禮國小五十周年校慶，與妻（崙背鄉豐榮國小校長王瓊慈）捐書「溫柔相待」、「最初的感動」、「心靈的迴聲」等三部義賣，做為校方急難救助金，獲媒體及廣播報導，引起各界關注及捐款。

活動中，更有學生組成的「締太鼓隊」，以震撼的鼓聲配合力與美的肢體動作，贏得嘉賓與鄉親們的熱烈喝彩。二日，「明禮國小校長夫婦捐書義賣」，中華日報記者青標報導。

九十六年十二月十日，「籌學童急難金　林萬來捐書義賣」，自由時報莊育鳳小姐採訪報導。

九十六年十二月十日，虎尾正聲廣播電台梁明達科長CALL OUT採訪報導。

九十七年三月十三日，「種花種草做環保　明禮國小添生機」，中國時報陳雅玲報導：全校一百五十多位師生、家長在校園各角落種五百棵草花，以及近四百棵樹苗做環保，美化校園像花園。

九十七年四月二日，「粉刷校園……明禮國小黑白變彩色」，自由時報記者莊育鳳報導。

九十七年四月二日，愛心媽媽「刷」新明禮國小，中國時報陳雅玲報導：號召十多名家長與義工，一起替圍牆、教室粉刷油漆，為老舊校園換新裝，營造明亮學習環境。再彩繪各處牆面，增添校園藝術氣息，使整個校園黑白變彩色。

九十七年四月十七日，「紅豆伯送愛　偏遠學童樂」，台灣時報林源銘記者報導：南投縣「紅豆伯」鄒樹，開著愛心專車前往麥寮鄉明禮國小免費請全校師生吃紅豆餅。孩子們吹口風琴迎賓、製作卡片感謝他。筆者也將此故事投稿發表報章副刊。

九十八年四月二十七日，「麥寮明禮國小風雨教室動工」，台灣新聞報記者劉文化雲林報導：在約五百平方公尺的操場上興建，正副會長許富信、許助誠及熱心教育人士的支持和教育部及雲林縣政府補助，九月完工，由學生票選「志學館」（陳淑渟老師取名）供教學及辦活動多元使用。

九十八年九月四日，請陶瓷名藝術家李日存、江嘉慧等，指導全校小朋友及老師、家長，共一五十人參與。作品有一百五十件及四十素板。將作品張貼在風雨教室（志學館）牆上，成為麥寮崙後村的新地標。筆者也將此美好故事投稿，發表報章副刊。所有地方報紙及有線電視台均有採訪與報導。

九十八年九月二十三日，「明禮國小迎新　小朋友得連闖八關」，雲林新聞網陳聖華、民眾日報記者劉文化、台灣時報林源銘，蒞校採訪迎新活動並做精彩深入報導。筆者也將此優良傳統迎新故事投稿，發表在國語日報快樂校園版。

九十八年十一月十四日，『志學館』落成啟用典禮及五十二周年校慶暨社區運動會。雲林新聞網陳聖華、自由時報林國賢、台灣時報林源銘蒞校採訪並做精彩深入報導。雲林新聞網於夜間播出。

二〇一一年三月五日（農曆二月十三日），慈母喪，母享壽八十有七。

散文「那一刻，我淚眼」獲泰山文化基金會、人間福報合辦「難忘老師的故事——敬師徵文」全國社會組佳作獎。

十月，出版散文集『歸園田居訴衷情——飄泊、回歸、安頓』（德威國際文化公司），林政華教授賜序。

二〇一三年二月，開始將多年休耕農田整地，從事農耕水稻種植。

二〇一五年五月，出版散文集『生活小確幸——重拾在塵世裡的真珠』（德威），林政華教授賜序。

十月，出版散文集『生活裡免費的美好滋味』（菁品文化公司），林政華教授賜序。

二〇一六年七月，出版散文集『恰到好處的幸福——奔跑在生活的桃花源』（菁品文化公司），林政華教授賜序。

二〇一七年二月，出版與林政華教授合編『魚雁往來見風義——從師生書信讀人生智慧』（秀威資訊公司）。
二〇一八年三月，籌畫出版林政華教授編選、導讀、賞析的『大平原上一顆閃耀的星——農鄉散文家林鵬來傑作選』。
二〇一八年八月，出版散文集『美好人生的修補藝術——墨鏡下的生命風情』（菁品文化公司），林政華教授賜序。
二〇一八年十二月，『大平原上一顆閃耀的星——農鄉散文家林鵬來傑作選』出版。

附錄二、編者林政華生平、學術與教育略譜

一九四六年（民國三十五年）

九月十一日，出生於臺灣國臺中縣大里鄉（今臺中市大里區）草湖村。

一九五八年

十月一日（農曆八月十九日），母喪；母得年三十有九。

一九五九年

七月七日，以第一名成績自草湖國校畢業（校長林標烈先生），榮獲縣長獎（縣長林鶴年族長）。

九月，考入省立臺中商業職業學校初級部就讀。（校長陳奇秀先生）

本年，繼母來歸，時年三十八歲。按：母未有生育，手足以親生母事之。

一九六〇年

本年起，開始對文藝作品產生濃厚興趣；課餘，喜歡閱讀『民聲日報』副刊，『文苑』、『亞洲文學』等文學雜誌，以及學校圖書館的國內外文藝等類圖書、雜誌。

一九六二年

七月，以榜首成績考入臺中商職高級部就讀。（導師馬覺先先生）

一九六三年

七月十九日，散文「她」刊登於『民聲日報』副刊；敘說以文學為密友的嚮往；萌發終身寫作的信念。

一九六四年

一月一日，散文「慈母見背五周年」獲南投縣文藝創作比賽高中組散文第一名；在『南投青年』第六期刊出。

一九六五年

七月，以總分四〇七分（當年無加重計分）考入國立臺灣大學中國文學系就讀。正式探討漢語漢字、文學、文化、經子之學與寫作等。

一九六七年

十一月三日，散文「又見棕櫚」刊於臺大『大學新聞』。某同學謂有意識流之風。

十一月十九日，散文「蔗葉・親情・憶」刊於『小說創作』雜誌第五九期；抒發念母情懷。

一九六八年

三月，學術論文「韓愈究竟是個什麼樣的人」刊於『幼獅』月刊二七卷三期。按：係辨胡適批評韓氏三上宰相書是諂媚行為之誣。

一九六九年

六月，以榜首成績（五科四八〇分）考入臺大中文研究所碩士班。

一九七〇年

八月二十日，雜文「臺大人的氣質」刊於臺大『大學新聞』。

十一月二十八日，論文「史記荀卿列傳考釋」刊『孔孟月刊』九卷三期。開始撰寫學術論文。

一九七一年

二月二十日，馳書新加坡南洋大學，請允正在休假講學的屈翼鵬（萬里）教授，指導碩士論文『黃震及其諸子學』。

二十八日，屈師覆函謂：「……我當然要做你的指導老師。」

一九七三年
四月至次年十二月，雜文「古書中的幽默」連載於『華航雜誌』四卷二期至七卷二期，八篇。按：開始注意笑話、幽默文學的教育價值；後在開南大學講授「臺灣幽默諧趣文學」課程。
六月，以平均九十二分通過臺大中文研究所碩士論文『黃震及其諸子學』口試，獲頒碩士學位。（校長閻振興先生、所長　屈萬里教授）

一九七四年
七月，以「黃震之經學」為博士論文計畫，考入臺大中文所博士班；仍請屈老師指導。
六月一日，學術雜文「『易』字的涵義」，刊於『易學研究』雜誌創刊號。按：開始研究易學，也開始對研究漢語、漢字產生濃厚興趣。
七月，學術雜文「春秋始於魯隱公的意義」，刊於『中華文化月刊』八卷七期。按：考述魯隱公非禪讓桓公；此說可修正屈老師謂『春秋經』寓有儒家禪讓思想之說法。送呈屈老師。

一九七六年
九月，碩士論文『黃震及其諸子學』由嘉新公司文化基金會出版；為平生第一本出版著述。

一九七七年，獲國家文學博士，任教臺北師專；臺大、東吳、淡江兼任講師
八月一日至一九八五年十一月十五日，義務擔任『慧炬』雜誌編輯委員。凡八年又四個半月。
十月十二日，通過教育部博士論文口試，獲頒國家文學博士學位。（教育部長李元簇。口試委員：方豪院士、陳槃研究員、周何教授）
十月二十八日，批改三甲、三戊作文，獲所任教臺北師專教務處調閱作文「批改認真詳盡」鼓勵。
十二月一日起，學術雜文「即文學即思想」百篇連載於『易學研究』月刊；至一九八七、十一刊完。後在開南大學開授「世界智慧文學」課程。

一九七八年

四月四日，父親因病辭世，享壽五十九歲。

五月十四日，散文「治學與思親」刊於臺北師專心理輔導中心『懿光』特刊。

五月，國家博士論文『黃震之經學』獲國家科學發展委員會獎勵。

六月，因啟發兼課臺大學生之獨立思考判斷，不見容於國民黨國禁制思想下的打手羅聯添（臺大中文系黨鞭）、龍宇純（系主任）、孔服農（校黨鞭）等，身受白色恐怖之害。

一九七九年，臺北師專語文科副教授；臺大兼任副教授

六月一日，散文「治學與報恩」，刊於『省立臺中商職創校六十周年紀念特刊』。

九月，擔任考試院考選部六十八年高等、普通考試文哲組國文閱卷襄試委員。（典試委員長張宗良）按：開始參與國家考試相關事務工作。

十二月，學術論文「周詩的悲劇性蘊含」在中國古典文學研究會第一屆論文發表會中宣讀；講評人王熙元教授。係第一次在學術會議中發表論文。

一九八〇年，臺北師專語文科副教授、兼臺北師專夜間部註冊組長

一月二十五日起，兒童少年文學雜文「古典兒童歌詩品賞今譯」，於『國民教育』月刊二三卷九期起連載，至一九八七年五月二十七卷十一期止。按：開始從事兒童少年文學研究工作。

五月十六日，義務指導學生黃寬裕參加教育部中華文化論文比賽，榮獲專科組第一名。（另：林萬來同學獲第四名）第一次獲學校嘉獎一次。

六月起，義務指導臺北師專畢業生林萬來創作散文作品。按：至今，其已出版十部文集。

九月三日至一九八二年一月，兼任臺北師專夜間部註冊組長。按：首次兼任教育行政工作。

十月，所編註『幽夢影評註』委由慧炬出版社出版。次年再版，又次年三版。

一九八一年，臺北師專語文科副教授

十月，擔任臺北市政府教育局國語文競賽評審委員。（局長黃昆輝）按：開始擔任北部數縣、市等多項語文、臺語演說、朗讀、詩歌吟唱等競賽評審、出題工作；計一二六次。

十二月，受立法委員吳延環委託，於一九八〇年十月間，義務編纂臺北縣（今新台北市）福慧『慧三法師八十年譜』；但本月出版時，僅具吳某名。

一九八二年，臺北師專語文科副教授

七月七日，擔任臺灣師大教育研究所李良熙碩士論文『推行國語教育問題研究』（指導教授葉學志）口試。按：首次擔任學術論文口試委員。（委員另有李威熊、劉正浩、簡茂發教授）

九月起，在臺北師專講授「新文藝及習作」課程。

十月，擔任教育部、文復會、孔孟學會合辦經學研習班第四期講座。（孔孟學會理事長陳立夫）後又數次。按：開始擔任校外學術演講工作。

一九八三年，臺北師專語文科副教授（赴姊妹校韓國國立漢城教育大學訪問）

一月，學術雜文「林獻堂先生與霧峰林家邸園」，刊於『國民教育』二四卷八期。十月，轉載於新加坡國亞洲研究學會『亞洲文化』第二期。

三月，修改、指導學生新文藝習作集「省北師專學生新文藝習作選（一）」，刊於『國民教育』二四卷九期。篇後均具「導評」。按：開始修改潤色、推介學生佳作給報章、雜誌發表。

四月，擔任教育部七二年中華文化復興論文競賽評審委員。（部長朱匯森先生）

五月，學術雜文「『天書』裏的生命智慧」，刊『國民教育』二四卷一一期。按：開始注意、搜集古今臺外有智慧、裨益人群之語錄。後在開南大學講授「世界智慧文學」課程。

六月，擔任臺北師專七二年度國語文競賽寫字、作文代表選拔評審委員兼指導老師。按：開始擔任校內全國語文競賽

指導工作。

六月，「教學特優」獲總統慰勉。後又五次。

八月一至七日，和普通科鄭雪霏、社會科趙瑩、常俊哲老師，代表學校訪問韓國國立漢城教育大學，出席第七屆「韓臺教授兒童教育研究協議會」。後轉赴日本國京都、大阪、奈良旅遊。按：首次出國。同年末，漢城教育大學組團回訪臺灣。

一九八四年，臺北師專語文科副教授

五月，學術論著：『現行師專國文課本教材綜合研究』獲教育廳師專教師論著佳作獎。

九月，在臺北師專暑期部講授「兒童文學」課程。按：開始講授兒童文學課程。

一九八五年，臺北師專語文科副教授

二月起至一九九三年四月，佛學論文『寒山詩譯註與品賞』二十八篇，連載於新加坡國『南洋佛教』一九〇期至二八八期。

十二月八日，兒童少年文學論文『兒語研究』在中華民國兒童文學會第一屆論文發表會中宣讀；主張文學性兒語應作為兒童少年文學的一種體裁，予以重視、推廣。

一九八六年，臺北師專語文科副教授

一月起，捐助母校臺中縣（今臺中市）草湖國民小學，合計二萬三千元及圖書一大批。

二月五日，「芝山兒童文學獎」核准設立，獎勵學生對兒童少年文學的創作、研究、評論與翻譯等。按：後辦理二屆，至一九八七年十二月十六日，被語教系劉漢初、周全副教授嫉害而停辦。

二月十八日，擔任嘉義縣七四學年度國小教師兒童文學創作研習班講師，講授「兒童語言的探討」，於水上國小。（縣長何嘉榮）按：開始應邀至全國各地講述兒童文學；後有數十次。

二月，編著兒童少年文學集『兒語三百則』自印出版。

三月，散文「做了過河卒子」刊臺北師專『北師校訊』第十一期。

一九八七年，省立臺北師院語文教育系副教授、教授

三月二七－二八日，指導、修飾學生吳亦偉小說：「華洋之夢」，推介刊於『現代日報』。

五月，升等教授論文『易學新探』由臺北市文津出版社出版。

六月十二日，續任東方出版社第二屆東方兒童徵文比賽複審委員。題為「一張相片」。按：決審委員潘人木、蘇尚耀、蔣竹君不知失親兒童早熟，致使妙文遺珠；勸而不從，次年辭聘。

十月十七日，臺北市兒童文學教育學會創立；當選為常務理事。（理事長王天福校長）

一九八八年，省立臺北師院語文教育系教授

一月二十九日，輿情雜文「臺籍原日本兵名稱似乎不妥」，刊於『中央日報』輿情版。

五月十六日，在臺北師院成立「經學研究工作群」，帶領學生研究經學；由『詩經』開始。

六月十六日，學術論著『易學新探』獲教育部大學院校教學資料講義類佳作獎。（部長毛高文）八月，升任省立臺北師院語文教育系教授。

一九八九年，省立臺北師院語文教育系教授

五月十一日，學術論文「談兒童文學散文」在臺東師院主辦七七學年度省市立師院兒童文學術研討會中宣讀。按：主張兒童散文必須具備文學屬性，非一般無文學質素之文章。

六月一日，散文「我是臺中商職最後一屆畢業生」，刊於國立臺中商專校慶籌備委員會編印『國立臺中商專創校七十周年紀念特刊』中。

七月，兒童少年文學專著『兒童歌謠類選與探究』、『童詩三百首與教學研究』，由知音出版社出版。按：收入林文寶教授論文一、二篇；稱「二人合編」。

九月二十九日，輿情雜文「祝福德瑞莎修女」，刊於『新生報』文化點線面版。

十一月，兒童少年文學譯註『古典兒童詩歌精選賞讀』由富春文化公司出版。一九九一年再版。

十二月十七日，臺灣省兒童文學協會創立；當選為理事。（理事長陳千武先生）

一九九〇年，省立臺北師院語文教育系教授

六月九日，兒童少年文學論文「國小國語課程以兒童文學作品為教材之可行性研究」，在臺北師院主辦第一屆省立大專院校教育論文發表會中宣讀。

六月二十日，散文「『半路出家』話心路」，刊於高雄三民家商出版『學圃』第三期。

六月，兒童少年文學論文「『兒童文學』界說的歷史考察」，刊於臺灣省國民學校教師研習會『研習資訊』總六二期。按：主張兒童文學應擴大為兒童少年文學，其中包含幼兒文學。

九月，通識論文「國學對於行政理念的啟導略說」，刊於『北師校訊』三二期。按：聚焦在糞壤權位、勘破名利、知人善任等三點之上。

一九九一年，國立臺北師範學院語文教育系教授、兼圖書館典藏組主任

一月十九日，擔任年度省兒童文學協會主辦「臺灣省兒童文學創作研討會」主持人，一場次：洪中周發表論文：「論臺灣童話的現代化」。講評者：張彥勳。按：備有詳細論文發表人、講評人紹介詞，然陳理事長不同意印發。

一月，專書『兒童少年文學』由富春文化公司出版。

一月，擔任師院學年度中國語文研習會講座，講題：「從詩的觀點看兒童少年詩」於臺東師院。（臺東師院校長李保玉）按：主張兒童詩必須押韻，方名副其實，且可與臺、外古典韻文相啣接。

六月，『文章寫作與教學』一書，由富春文化公司出版。

七月二十四日，陳鏡潭院長擬聘為圖書館長或總務長、訓導長、進修部主任。考慮自己非圖書館專業，故告以：「如院長一定要我幫忙，因為我喜歡讀書，那就到典藏組幫忙吧。」

八月一日，學校改隸教育部。

八月一日至一九九二年一月卅一日，擔任國北師院典藏組主任。

八月十一日，本學期第一次館務會議典藏組提應興革議案九件，多獲通過實施。（如：增設職員閱報室、舉辦二個月一次展覽、設兒童少年讀物閱覽區（一九九三年十月，兼任館長時始實現）等）

八月，擔任考試院八〇年全國性特種考試公務人員高、普考試國文閱卷委員。（院長孔德成老師）按：開始擔任國家考試閱卷工作；以後數十次。

九月廿四日至十月五日，舉辦「孔子學術研究資料特展」，計四六五件。校內外參觀者踴躍。

九月下旬至十月初，清點圖書館四樓黃元齡館長原擬報廢之珍貴舊圖書資料一萬四千多件冊；其中有許多兒童圖書、雜誌，搶救成功。

十月十七日，『國語日報』頭條報導，臺北師院圖書館六樓「增闢兒童圖書專區」啟用。按：佔地二五〇坪。鋪地毯，設沙發、茶几，有在家閱讀的舒適感；圖書四千餘件冊。

十二月二日，成功阻止黃館長擬將鎮院之寶——日文舊圖書資料一萬多件冊，移置中央圖書館；陳鏡潭院長英明裁決。

十二月十五日，兒童少年文學論文「由漫畫書談到兒童少年讀物的選擇」在臺北市兒童文學教育學會年會中宣讀。會中，獲頒「推動兒童文學教育績優獎」。

一九九二年，國立臺北師院語文系教授、兼語文教育中心主任

一月九日，因黃館長五次無禮對待、無理批罵，忍無可忍，而辭典藏主任兼職。（『小書傭記事——服務圖書館原委』）卅一日，陳鏡潭院長來電，懇切要求聘兼「語文教育中心」主任；謂「先答應規畫設計出一組織工作計畫，如令人滿意，再接聘。院長說好。」（『工作日記簿』）

二月十五日，到華視兒童文化教育節目「詩歌童唱」錄影。十月至十二月，華視來校錄影；後播出三次。為修改劇本十三集。

三月廿三日，「北師語文教育中心成立研究資料特展」開幕，基隆、臺北至新竹都有同好來校參觀。

三月廿九日，成立「國立臺北師範學院語文教育中心」（無僚屬編制）；全力推展相關業務，購置相關圖書；收到許多長期贈送、交流（五十七個單位或個人）雜誌期刊，計一六八〇件冊以上。

五月三日，兒童少年文學專著『兒童少年文學』，獲中國文藝協會頒發「中國文藝獎章」。

五月七日，語教中心邀請臺大中文系葉慶炳老師、臺東師院語教系林文寶主任，本院羅肇錦副教授、退休教授林國樑等，舉辦「語文學研究經驗與方法」講論會，聽眾極多。

五月十五日，幼進班、幼教科曾授課之學生林靖娟，任職臺北市健康幼稚園，本日在戶外教學火燒車時，奮不顧身，再入火場搶救幼生，來不及走避而殉職；各界同聲惋惜與讚歎。八月，「一等楷模幼教守護——悼念林靖娟老師」（五月廿六日作）刊於國立臺北師院『國民教育』月刊三二卷十一／十二期合刊。

五月卅日，專著『文章寫作與教學』獲中國語文學會頒發第二十五屆「中國語文獎章」。

六月八日至十五日，北師語文教育中心舉辦「外國兒童少年語文讀物特展」，計四四八件冊。八日『國語日報』兒童新聞版有報導。

六月十九日，專著『兒童少年文學』獲教育部大學院校教學資料獎勵佳作獎。（部長毛高文）

六月底，出版『北師語文教育通訊』第一期，計有二十篇文章。學術論文「王明德低年級國語科說話中心綜合教學法」，刊於其中。

七月卅一日，語教中心主任聘期半年屆滿，請辭，不受慰留。捐款合計六五五七元。

八月，雜文「千山萬水自是有緣——我的學佛因緣」，刊於『普門雜誌』第一五五期。

十月廿六日，雜文「半路出家一學徒」刊『中華日報』副刊。按：自述棄商學文。『中商校友』第五十四期主動轉載。

一九九三年，臺北師院、兼圖書館長；成大、南師、臺灣藝專兼任教授

二月十六日，擔任臺北師範學院圖書館長；至七月底。任內，興革成果豐，詳參下述。

二月廿三、廿五日，散文「無怨無悔為筆耕」，刊『中華日報』副刊；述寫寫作的熱愛與堅持。

二月廿五日，散文「良師啟我深遠」，刊於『中央日報』副刊；記述中商時的良師。三月二日，收入『中央日報』專刊「中學國語文精選」第九期內。

二月廿六日，首屆臺北師專．就讀政大東亞研究所的學生黃寬裕，來館談修改其碩士論文事。

三月一日，將圖書館長職務加給中，支每週一、四請四位組長、二位編審午餐會費用；又給吳佩仁、陳金雲、二工友獎金、一工讀生清寒獎學金。

三月卅日至四月一日，圖書館舉辦兒童少年謎語詩猜射活動，有四二三八人次參加。

四月三日，圖書館舉辦兒童說故事表演活動，有北師實小及和平國小附幼、同人子女等約二百位，熱烈參加；請同仁張湘君主持，精彩歡樂。

六月一日，雜文「做個研討會的常客」，刊於『中華日報』副刊。後改名「南征北討為那樁」。

六月十二日，雜文「教育是愛心的事業」，刊於『中華日報』副刊。

六月，學術論文「由音隨義轉觀點談字詞的了別」，刊『北師語文教育通訊』第二期。

七月卅日，教育部同意本校圖書館增置「系統資料組」；為圖書館電腦數位化邁進。

十一月廿二日至廿六日，指導語教系「各體文選」、「作文指導」、「兒童文學」一百多位學生寫作成冊，舉辦「實門語文觀摩特展」。副教授劉漢初、周全到會場「關切」；幸少事端。

一九九四年，國北師院；成大、南師院、國立臺灣藝術學院兼任教授

二月六日，雜文「教不嚴誰之惰——砂石車事件的深層省思」，刊於『中華日報』副刊。

二月廿一日，雜文「沖天一炮憾事多」，刊於『中華日報』副刊。

二月，兒童少年文學論著『瓶頸與突破——兒童少年文學觀念論集』，由富春文化公司出版。

三月廿四日，雜文「關心古書今譯事業」，刊於『中華日報』副刊。按：開始對翻譯事有興趣。

四月廿四日，雜文「車牌請漢文化」，刊於『中華日報』副刊。
七月起，義務擔任臺北市敬老協會『敬老之友』月刊社長，編印『敬老之友』月刊。
八月二日，雜文「十萬野狗何處去」，刊於臺北市政府新聞處『台北週刊』一三二六期。
十二月廿一日，散文「八仙山聳綠水迴環——敬悼林鶴年先生」，刊於『臺灣日報』副刊。按：鶴年縣長是從小心儀的人物。

一九九五年，國北師院；成大中文、南師語教、臺灣藝院兼任教授

二月十五日，學術論文「兒童韻詩直承音樂文學的傳統」，刊於臺北師院『國民教育月刊』卅六卷三期。按：再申述童詩必須押韻的論點。
二月，兒童少年文學故事創作集『月亮有眼睛』由臺中市瑞成書局出版。
三月十日，閩南語用字的商榷「『度濟』（度晬）」，刊『國語日報』鄉土語文版。按：開始研究臺灣閩南話用字問題。
四月廿三日，臺灣文學雜文「臺灣文學蔚為顯學態勢的思考」刊於『中央日報』副刊。按：開始密集研究、撰寫臺灣文學論文、著述。
三至四月，擔任行政院新聞局八五年「中小學課外優良讀物推介活動」評審委員，兼語文文學組召集人、小太陽獎複審委員。案：後多年參與。
四月卅日，在臺灣省兒童文學協會主辦「童詩新詩作品研討會」，主講「從兒童詩到少年詩」；力主詩一定要押韻。
六月，散文雜文集『耕情集』列入臺中市籍作家作品集四十一，由臺中市文化中心出版。
六月，學術論文「談語文抄寫學習法——『重謄作文教學法』的理論基礎」，刊於『北師語文教育通訊』第三期。
七月八日，雜文「熱愛鄉土」，刊於『國語日報』少年版「燈塔」專欄。
八月十四至十八日，參加吳三連台灣史料基金會主辦「第十七屆鹽分地帶文藝營」；觀念不轉，本土意識確立，矢志

下半生為臺灣國家奉獻。（營主任吳樹民先生）

十月廿六日，學術雜文「文字退化時代的因應策略」，刊於『中央日報』副刊。

一九九六年，國北師院語教系、臺灣藝術學院兼任教授

二月十五日，學術論文「兒童韻詩直承音樂文學的傳統」，刊於國北師院『國民教育月刊』第三六卷三期。按：仍申述童詩必須押韻的論點。

二月，學術論文「談古今詩的格律形式」刊於『國立臺北師院學報圖書館通訊』第四期。按：申述詩必須押韻，符合基本格律要求，才算是「詩」體。

三月，學術論文「臺灣本地兒童歌謠若干問題研究」，在東海大學中文系主辦「傳統文學的現代詮釋學術會議」發表。

四月，臺北師院辦理進修部最後一次初轉班入學考試，語文系副教授兼代進修部主任周全，利用職務之便，隨意進出闈場，將國文科考題洩露給臺北市三民補習班（告以所推薦張清榮老師出題，十數題抄自其所提供三民書局本『國學概論』中）。經末補習考生向記者揭發，謂：其同學有錢補習者佔便宜，很不公平！聯合報等媒體批露（五月十九日）。基於校譽，建請學校處理；歐用生院長袒護周某及逃避個人監督不周之失，堅不處理。然周某已懷恨在心，老羞成怒，對付本人。（詳見五月十九日、七月十二日下）

五月十九日，聯合報載國北師院四月舉辦之初教系代課教師轉學考試，進修部代丰任周全副教授卻兼勾題委員，自由出入闈場；而涉嫌與臺北市三民補習班掛鉤洩題七題。為維學校名譽，次月八日、十二日、卅日，加以檢舉。按：後經教育部、監察院、調查局調查屬實，確有疏失不當（考試院即永不錄用周某為閱卷委員等）；然歐院長卻加縱容。

六月廿六日，臺灣文學評論「臺灣首篇反日本殖民小說『鬥鬧熱』」，刊於『中央日報』副刊。

六月，臺灣文學論文「臺灣文學界說與範圍分類的歷史考察」，刊於國立臺北師院語文系『臺北師院語文集刊』第一期。

七月十二日，夜十時二十分左右，被臺北師院語文系重慶籍副教授周全所唆使其舅——臺北市大龍峒黑幫老大之手下三囉嘍，在和平東路家樓下大門口，用手握式不鏽鋼銳器擊傷頭部二處、防衛的左手二處，血流如注。周某堅不承認、道歉；歐院長又袒護，不加處置（至一九九八年六月卅日上簽呈，仍不處理）。

十一月廿三日，臺灣文學雜文「菅芒花的國格」刊於『臺灣日報』副刊。

十一月廿四日，臺灣文學雜文「甘藷命底好出頭」刊於『民眾日報』副刊。

十一月廿五日，臺灣文學雜文「苦楝釘根花如雲」刊於『民眾日報』副刊。

一九九七年，臺北師院語教系、臺灣藝術學院兼任教授

一月，臺灣文學專著『臺灣小說名著新探』由文史哲出版社出版。

二月十二至十六日，參加「第一屆鹿耳門台灣文學營」；更堅定下半輩子奉獻給臺灣的決心。

四月七日，輿情雜文「臺灣特有的服裝是什麼？」刊於『台灣日報』輿論版。

四月十六日，輿情雜文「女廁不收費　男女真正平權」刊於『台灣日報』輿論版。

五月五日，雜文「華實相扶，止於至善」刊中華文化總會『活水』一四一期。按：「我的座右銘」專欄。

七月，臺灣文學專著『臺灣兒童少年文學』由臺南市世一文化公司出版。二〇〇三年三月，世一公司改名『臺灣鄉土文學館——兒童少年文學賞析與研究』，修訂出版。

八月起，擔任國立臺北師院語文系「臺灣文學」課程、課程與教學研究所「小學語文教材教法專題研究——鄉土語文」課程，一學年。

八月，雜文「由臺灣的族群性格談到根本教育之道」，刊於北師院『國民教育』三七卷六期。按：文中批評李喬所提閩南人沙文主義的錯謬。

九月，兒童少年文學論文「發現先住民兒童文學」刊於臺灣省教育廳『師友』第三六三期。

一九九八年，臺北師院；淡水工商管理學院臺灣文學系教授兼系主任

七月四日，雜文「尋找使命感」刊於『台灣時報』。

八月一日至二〇〇一年七月，擔任私立淡水工商管理學院（二〇〇〇年改制真理大學）臺灣文學系教授兼系主任。

八月三至四日，親至美濃參加鍾理和紀念館主辦「臺灣文學研習營」，見葉石濤先生談十一月舉辦葉氏文學會議事宜。

八月五日，葉能哲校長召見，對前所調整、新設計四十多種課程，均表支持。另要求整理馬偕博士與通識文雅教育的關係。連夜完成，次日交卷。

八月，淡水學院臺文系新生錄取名額，增為六十名。為全校最高分；按：後二年同。

九月十二日，心語「揮別國北『流浪到淡水』牽引更多的臺灣子弟　奉獻更大的文學熱力　福爾摩莎的未來就在大家的手裏」，刊於『聯合報』副刊「作家生日感言」專欄。

十月廿三日，時事雜文「國家文學館何去何從」刊『自由時報』。按：旨在批評臺大齊邦媛老師將「國家文學館」定位為「中國現代文學館」的謬論；吾愛吾師，吾更愛臺灣！

十月廿九日，輿論雜文「水土保持　日本經驗可以借鏡」刊於『自由時報』自由廣場版。

十一月七日，舉辦「福爾摩莎的瑰寶——葉石濤文學會議」，全國約二百五十位人士與會。

十二月廿七日，輿情雜文「成為世界性的文學館」，刊於『聯合報』輿論版「在大地上打樁——建構理想的國家文學館」專欄。

十二月，創刊臺灣文學系學報，定名為『淡水牛津臺灣文學研究集刊』。

一九九九年，淡水學院臺文系教授兼系主任

一月十一日，母校臺中商職導師林俊吉先生來信勉勵。時，林師任教樹德工商專科學校（後升格為修平技術學院、修平科技大學）科主任。

三至五月，參與行政院新聞局第十七次推介「中小學優良課外讀物」暨第四屆小太陽獎評選委員、兼語文文學組召集

人、各組總召集人。（新聞局長程建人）

六月十三日，臺灣文學雜文「文學必須植根於本土生活」，刊『聯合報』副刊；係宇文正專訪。

六月，臺灣文學論文「臺灣文學發展必須扎根於兒童少年文學」，刊於『妙心』雜誌四三期。八月，刊於第五屆『亞洲兒童文學會論文集』。

十一月六日，主辦「福爾摩莎的文豪——鍾肇政文學會議」，研討熱烈；海內、外約有三三〇人參加。

十二月，規畫臺文系「教育學程」呈報，可使畢業生多一作育本土語文人才之機會。未獲核准。

二〇〇〇年，真大臺文系教授兼主任、政大國小教育學分專班兼任教授

二月九日，論文「不是臺灣人也不是中國人——『陳夫人』的勁爆啟示」，刊『勁報』副刊。

二月起，指導真大臺灣文學系第一屆四十七位畢業生撰寫學士論文或臺灣文學作品集編寫一學年。

三月三日，臺灣文學散文「有家真好——記春節中部災區之行」刊於『民眾日報』副刊。按：記去年九二一大地震。

三月廿二日，參加民眾日報舉辦「如何推動教育改革」座談會。談話內容「認識台灣　從本土教育著手——將義務教育改為權利教育　摒棄幼稚園的大學生」，次日刊於『民眾日報』。

五月，雜文「談舉辦兩岸學術活動」刊於『民眾日報』鄉土副刊。按：批評矮化臺灣國之誤。

六月四日，擔任行政院文化建設委員會八九年鄉土語文競賽大會閩南語演說評判委員、閩南語評判長。（主委陳郁秀）

六月至二〇〇四年凡五年，擔任文建會國立文化資產保存研究中心「全台詩」、「臺灣文學辭典」二計畫期中、期末報告審查委員。

六月至二〇〇一年七月，創設真大臺文系學生「臺灣學學習護照」，鼓勵學生參加各種學活動，每場次資助交通費，計二十九位，三二八場次，三萬二千八百元。

七月三日，輿論雜文「期待設立臺灣語文推展委員會」刊於『自由時報』。

八月，至政大國小教育學分專班兼授「兒童文學」課程（陳正治教授推薦）。二〇〇五年又一次。

八月四日，陳水扁總統至臺南北門鄉南鯤鯓第廿二屆鹽分地帶臺灣文藝營，頒致「資深臺灣文學家成就獎」給巫永福、葉石濤、詹冰、陳千武、林亨泰（莊培初）等人；係於六月初，呈請學校致函總統府請求多加照顧他們，所得之回應。

九月十六日，在臺北市二二八紀念館視聽室主持藝文講座：「深掘早期民歌的生命力」。

九月二十八日，文學雜文「為臺灣文學的未來——籲請總統宣示本土化為國策」刊『民眾日報』。

十一月四日，舉辦「福爾摩莎的心窗——王昶雄文學會議」；約有四百位人士參加。

十一月十四日，『中央日報』記者陳惠妍報導：「真理大學臺灣文學系徽寓意深」刊「教育圈」版。按：臺灣文學系徽係請友人施並錫教授義務設計。後，本人並題詩：「低頭親沃土／勤筆耕文心／執耳跨國界／臺牛足精神」。

十二月十六日，主持『文訊』雜誌社主辦「第四屆青年文學會議」論文發表會一場次；於國家圖書館。

本年，臺灣文學系接受陳國章（因感動於本人之無私奉獻）、林碧湘伉儷捐助學生論著出版基金一百萬元；為擬獎助辦法。

二〇〇一年，真理大學臺文系教授兼主任、開南管院通識中心臺灣語文教授

二月四日，向真理大學校長葉能哲建請設立「臺灣美術學系」；臺師大美術系施並錫教授答應代為設計課程、建議師資名單等。未果。

三月十一日，輿論雜文「所謂師長推薦函……」刊於『聯合報』民意論壇版。按：敘說大學推甄須交師長推薦函之流弊。

三月，透過真大行文行政院僑務委員會，建議海外僑校提供母語師資名額，使臺灣文學系畢業生多一奉獻所學機會。僑委會張富美主委懇切答覆同意。

五月四日，推薦鍾肇政、邱各容獲中國文藝協會頒榮譽文藝獎章（小說類）、文藝獎章（兒童文學）。

五月五日至十八日，真大臺文系第一屆四十七位畢業生口試研討會，分十五場次進行，對外開放；有金門林麗寬老師

等許多校外人士光臨。

六月一日，獲母校省立臺中商職（後改制國立臺中技術學院、台中科技大學）九十年傑出校友（文化文學類）。二日，返母校接受，由阮大年校長頒授。按：第一屆臺灣十大傑出青年——王甲乙老校友，亦應邀出席頒獎。

八月起，義務擔任開南管理學院語言村河洛鎮河洛語教師，初期有十位學生（巴家星同學等），機動配合學生時間講授。

十二月七日至八日，參加國立臺灣文學館籌備處主辦「櫟社成立一百周年紀念學術研討會」。

十二月，文學編著『台灣詩路』由臺南鹽水鎮月津文史工作室出版。二〇〇三年再版，二〇〇八年修訂。

二〇〇二年，開南管理學院通識教育中心教授

三月二十四至二十五日，擔任教育部第一屆國民中小學閩南語、客家語教學支援人員檢核考試出題委員，於新竹師院。（主任委員顏啟麟校長）

三月，臺灣文學專著『臺灣文學汲探』、『臺灣文學教育耕穫集』由文史哲出版社出版。

四月十二日，擔任國立臺灣藝術教育館等「台灣藝術、心靈與創作」研習營講座，講題：「臺灣歌謠之美——早期古典詩歌藝術賞析」。四月二十六日，講題：「詩詞欣賞與吟唱」。五月十日，講題：「詩歌賞讀（河洛語文藝術）」。五月二十四日，講題：「童謠的吟誦與創作」。

五月七日，籌備「開南名人講座」，邀請葉石濤先生主講「臺灣文學的認識與透視」；並自六日起，配合推出「葉石濤先生手稿、著述與研究資料特展」。

五月，推薦施並錫教授榮獲中國文藝協會頒致文藝獎章（美術類）。

七月一日，真大『真理大學九一學年度招生簡訊』報導臺灣文學系畢業生六位考取研究所進修。案：第一屆實有十三位考上十五個研究所。

八月廿七日，參加新竹市文化局第六屆「二〇〇二竹塹文學獎」短篇小說組決審會議。會中，強力主張將〔熱，不熱鬧？熱鬧〕一篇列二獎；開票後方知為昔日學生（真大陳廷宣）之作品。

九月，完成『臺灣古今文學家』百人百篇。按：八月起，已分篇在『台灣新聞報』西子灣副刊及行政院僑務委員會『僑教』雙週刊連載。

九月至二〇〇三年二月，指導開南管院財務金融系學生呂莫英，從事國科會專題研究計畫：『張文環作品所反映的市井百態研究』論文寫作。

二〇〇三年，開南管院通識中心；臺北大學進修學士班兼任教授

六月一日，臺灣文學雜著『臺灣流行不朽歌曲的本事與欣賞』自印出版。

六月三日，出席九二年交通事業港務人員升資考試典試委員會議，獲考試院長姚嘉文命為典試兼命題委員，命題以臺灣本土試題為主；七月考試，九月起，因明年總統大選，引起傾中的國民黨、客家及先住民族群過度反應。

七月廿八日，至彰化師範大學國文研究所，擔任進修部研究生李婉君論文「臺灣河洛諺語有關女性歷程之探討」口試；被推為委員會主席。（指導教授周益忠博士）

二〇〇四年，開南管院通識中心；臺灣北大教授

六月廿四日，致函教育部長杜正勝關切閩南語教學、拼音及用字等相關問題。七月六日，教育部由「國語會」函覆。

九月起，在開南大學講授「臺灣文學名家與名作」課程。

十二月，擔任東海大學中文系九三學年度第一學期博士班資格考試命題及閱卷委員。廿七日筆試。

二〇〇五年，開南管理學院；臺北大、政大學士後教育學分班兼任教授

一月九日，擔任臺灣師大臺灣文化及語言文學研究所舉辦「大學臺灣人文學門系所之現況與展望研討會」綜合座談特約討論人。（姚榮松所長邀約）

四月，文學評論「『千金譜』的臺灣文學價值」，刊於桃園市呂理組出版『正字千金譜』。

四月，文學評論「吳坤明『台語語讀對應關係』的曠世發現」，刊於吳坤明出版『台語語讀對應關係之探討與應用』；為書「代序」。

五月廿三日，擔任東海大學中國文學研究所鄭昱蘋碩士論文『王昶雄的文學世界』口試委員。

八月，編著『實用正字臺灣童謠』由桃園市呂理組刊行。內有：「兒童歌謠音樂性依舊在——『實用正字臺灣童謠』代序」、「臺灣傳統童謠的時代價值」二文。二〇〇七年五月修訂再版。

八月，編撰專書『臺灣海洋文學』自印出版。

九月八日起，擔任教桃園縣桃園社區大學「臺灣文學名家與名著」課程，三年。

二〇〇六年，開南大學通識教育中心；臺灣北大兼任教授

九月十一日，前天到板橋市新埔國小參加農委會「農業種子學院研習營」，手冊中把臺灣視為中國一部分；今寫信給農委會主委蘇嘉全等有關人士四位，要求改正以臺灣國為主體。

九月廿一日，評審雙溪國小舉辦九五年度臺北縣瑞芳區語文競賽閩南語。該校長曾秀蓮是國北師校友，教過她們「兒童文學」課程；「老師好仔細哦！」她說出總印象。

九月，編撰專書『臺灣海洋哲學』自印出版。

十月，臺灣文學評論「許成章、吳坤明探尋臺語正字工程比較研究」，刊於國立中央圖書館臺灣分館『臺灣學研究通訊』第一期。

十二月，文學論文「臺灣文學起源問題研探」刊中央圖書館臺灣分館『臺灣學研究通訊』二期。

二〇〇七年，開大；臺灣北大兼任教授

四月十六日，評選第六屆宜蘭縣教育局蘭陽少年文學獎；羅東國中陳正吉校長請求代找綠蒂（王吉隆）、陳正治、陳謙、許素蘭、王幼華等擔任評審委員。次年三-四月，第七屆。

六月十五日，在開大主辦「二〇〇七年基礎教育國際學術研討會」中發表論文：「發現臺灣皇民化詩人——周伯陽的作品內涵及其相關問題」。十二月，論文刊於『開南通識研究集刊』第十二期。

九月起，在開南大學講授「臺灣幽默諧趣文學」課程。

二〇〇八年，開大；臺灣北大兼任教授

四月二十九日，擬發表論文變演講，因臺灣徐霞客研究會籌備祕書長陳應琮認為『明代中國遊聖徐霞客的典範』論文，宜作研究會的主題演說。五月二十二日，到基隆經國管理暨健康學院記遊文學研討會中，作專題演講。

十二月，文學評論「另眼看葉石濤的第一篇小說『林君寄來的信』」、「宋澤萊論陳千武創作語言問題平議」、「臺灣田園文學真的與土地絕緣？」刊於『桃園縣桃園社區大學九十七學年台灣閩南語學習成果文集』。

二〇〇九年，開大；臺灣北大兼任教授

六月一日，雜文「戰蚊蟲，上臺大」刊於『中商九十周年校慶文集』。

六月十六日，擔任彰化師範大學臺灣文學研究所碩士班陳胤維論文『臺灣近代漁民文學研究』（葉連鵬教授指導）考試委員。（所長周益忠教授）

二〇一〇年，開大通識中心、數位應用華語文學系（未能排課）教授

十月五日，擔任雲林縣國教輔導團國語文領域辦理「海洋教育進階研習」講座，主講：「世界海洋生存哲學與文學名著的教育啟示」，於虎尾鎮東仁國中。（縣長蘇治芬）

十二月二十五日，擔任帝寶教育基金會舉辦九十九年冬季班研習講座，主講「臺灣真精神——特具風骨的本土文學家」；於彰化縣鹿港高中。（基金會長許嘉種）

二〇一一年，開大應華系（支援通識課程）、亞東技院通識中心兼任教授

八月，至亞東技術學院通識教育中心兼課。（北師學生黃寬裕主任聘任）

十月，增修前著作『宋代大儒黃震（東發）之生平與學術』由永和市花木蘭文化出版社出版。

十月七日，受臺北市立教大地球資源暨生物學系林明聖副教授之邀，在所授通識課程「海洋人文社會科學導論」堂上，講授「臺灣海洋文學」。次年，又一次。

二〇一二年

二月一日，屆齡退休，離開任教三十四又半年的杏壇。

六月二十五日起約一週，為前年在鹿港帝寶文教基金會演講的聽眾吳榮仁先生，寄來他在中正大學戰略與國際關係研究所進修碩士論文：『馬英九「台灣前途由臺灣人決定」之論述的意涵：一個問題建構的研究途徑』（陳亮智教授指導），逐字修改潤色。

二〇一三年

四月二十日，開始到礁溪三號縣道龍泉橋下撿石頭，搜尋臺灣造型石、平底文鎮石、奇特藝術石等。學期終，送亞東學院每位學生一顆石頭。

十一月二十三日，到桃園縣台語文化學會演講『古今臺灣相關著名詩文與嘉言』。

二〇一四年

十月八日，約用一週的時間修改老學生黃寬裕的學術討論會論文：『社會參與式學習課程的理論與實踐–以「人生哲學」課程為例』。

二〇一五年

一月十九日，完成散文「可以不如學生？」刊於五月號『清流』雜誌。按：恢復執筆創作。

二月十日，繼母晚上十一時五十四分捨報往生，享壽八十九歲。十七日，出殯。荼毗。安塔。

三月七日，在桃園縣台語文化學會演講：『常見漢語的誤用字、詞、音是正』。

五月五日，『文訊』五月號三五五期有王基倫雜文：「在斗室內成就自己——側記羅聯添教授」；文中避重就輕，又有語焉不詳處；如：羅當年遭仙人跳，及當中國國民黨三腳馬連學生都出賣等事，卻說：「當他剛退休的時候，對於系上待他的方式，是頗為憤懣不平的」云云。

五月二十五日，自由時報「言論廣場」版刊出時論雜文〈「登飛來峰」詩遭吳副總統四度曲解，須正視聽〉；主編改題為：〈不懂文言文，莫登飛來峰〉。

七月二十五日，北師專六九級畢業三十五年同窗會，在北師大禮堂召開。致詞呼籲建議成立「六九級校友總訊息交流中心」。

七月二十九日，報載文化部已聘請成大陳益源教授為國立台灣文學館長；但，本土數個社團說他「外行又傾中」而出面抗議，要求撤換。連夜撰寫「為陳益源教授說句公道話」投書。卅日，陳益源回信並提及：「當初，由於您的緣故，我遠從嘉義開車到淡水真理大學臺文系授課，及指導學生、與學生在台北縣進行民間文學調查的諸多情景，往往歷歷在目，頗多感觸！我會認真為台灣文學努力多做點事，盼您繼續支持！」

八月一日晨七時多，到礁溪何茂松教授菜園拔鬼針草；開始做義工當運動。

八月四日，決議將六九級臺北師專校友訊息交流中心版主工作攬下。下午，就發出第一通電　郵給甲班同學。戊班嗣後再建立。六日，劉建春同學第一位回音，有好的開始。

八月四日，散文「學唱歌有妙方」刊中華日報副刊，主編改題「老來唱兒歌」。筆名文復生。

八月九日，散文「寄情桃花源」刊於金門日報副刊。

九月八－十日，擔任蘋果市集整合行銷有限公司舉辦『二〇一五桃園兒童閱讀月』活動：三－六年級讀書心得徵文評選工作。

九月二十五日，高雄美麗島事件苦主之一林弘宣逝世。二十八日，撰「敬悼林弘宣先生」文，投自由時報廣場版，未刊。

十月三十日，擔任中華佛教百科文獻基金會『妙心佛學研究』第一期徵文審查委員。審查二篇論文：「蘇軾贈別詩〈送參寥師〉剖析——兼論出家人與藝術創作」；「萬曆十三年本《清涼通傳》考略」。後，每年擔任。

十月擔任慧炬雜誌社「二〇一五年慧炬大學院校佛學論文及文學創作徵文獎學金」評審。

十二月十一日，擔任「二〇一五年開南大學通識教育學術研討會」余伯泉副教授論文：『回顧台語拼音教學研究（一九九八—二〇一四）兩種論點』評論人。同時他有所指導開大華語所研究生發表論文：呂理組：「跤步」或是「腳步」：台語漢字文白異讀規則研究。

二〇一六年

一月一日，時論雜文「總要有人說句公正話」，評黃春明經營的「紅磚屋咖啡館」享有特權。
二月五日，撰時論雜文「謙卑，謙卑，再謙卑！有深層意涵」。
二月七日，撰時論雜文「古厝、祖厝的正確寫法」。
三月二十三日，撰時論雜文「有經國廳更需有濟世廳」。
五月八日，撰時論雜文「公車里程票價應採直線計算法」。
五月八日，寫詩「期盼於詩人的」；有感於每期默默義務校對『笠』詩刊和『文學台灣』雜誌的不少錯別字而發。
五月九日，撰散文「貞潔感人的加拿大美聲天后席琳狄翁」。
六月十二日，作新詩「暮色」。
六月十二日，撰時論詩「洪素珠事件簿」。
六月二十五日，學生林萬來在華副有文「感恩良師」。
七月一日起，因年七十，開南、亞東下學期起均不排課，正式過全退的日子。
七月四日，見一日報載：雄三飛彈誤射的主因是：新江艦幹部都是菜鳥而肇禍。撰文「老中青三代不可偏廢」。五日，自由時報廣場刊出，主編改題「ＬＫＫ之飛彈誤射有感」，立場、語氣均不同。
七月八日，七日傍晚，松山火車站發生火藥爆炸案，因乘客無危機意識而遭禍；撰文「重視「危機教育」正是時候」。
八月五日，『耕情啟思天地心——林政華詩文集』，由秀威出版公司印行。
八月九日，改好圓真法師（呂姝貞）論文『試論唐代法相宗的發心思想——以《大乘入道次第》為論域』。（建議改題：唐代法相宗智周的發菩提心思想）

八月十三日，撰雜文：「陳千武先生的十五封信」。
八月二十日，政充哥捨報往生，享壽七十五。二十九日，作「弔阿兄政充文」。
十月十一日，和畢業後五十七年不見的草湖國小同學阮文龍、林翠華等六位相見歡。
十月卅一日，評審完成第二屆妙心佛學研究論文三篇：《心經》「十二處」的當代應用之道——以N.L.P.表象系統為例；人間佛教的思想源泉及其實踐；宗教團體非營利組織對社會的影響——以佛教為例。

二〇一七年

一月二十九日，草湖國小黃金水導師逝世，享壽八十三歲。二月六日，子圻文寄來訃聞方知。電請所有班同學同去台中公祭。並電湖小校長林詠勝訃知黃老師的各屆學生、同事故舊。
二月十八日，台南市妙心雜誌發行人圓真法師來約稿。次日，決定以『多元思考』為系列專欄名稱；首篇是「這樣，真的好？」五月一日，在一五九期刊出。
二月二十四日，「一勞永逸　機艦增名『臺灣』」一文，寄自由時報，並電傳總統府、行政院參考。
二月，與林萬來合編『魚雁往來見風義』，由秀威資訊出版公司印行。
五月二十六日，所指導開南大學應用華語學系研究生呂理組，論文：『漢字臺語「文、白異讀」之間聲韻調轉移規則研究』，下午口試，九十四高分通過。口試委員有陳宏昌、王廸；余伯泉為副指導老師。
六月二日，講評二篇亞東技術學院「二〇一七年生命教育與通識教育論壇暨學術研討會」論文：黃文樹：《十力語要》中的生命教育義涵。林盈鈞：佛教的生命教育之義涵——以弘一法師的思想與生命實踐為例。次年同。
六月，評審實踐科技大學通識教育中心『通識論叢』第二十六期四篇論文：「周易困卦古經釋義」；「大學『明明德』研究」；「莊子『安頓人生困境』之研究」；「湖北隨州市文峰塔曾侯月與攴A組編鐘銘文釋義」。
九月十一日，成論文「現代中國書法古典詩雙棲—黃元中的成就與貢獻」；（附：黃元中先生生平事蹟與書法詩詞著述年譜；黃元中先生書法詩詞集：詳細目次暨書體標識。）刊於二〇一八年七月樹德科技大學『通識專刊』第十二期。

十月初，因圓真法師的介紹，而修改成大台文所梁羽楓被指導教授退回之碩士論文：陳玉峰的山林書寫與其生態教育的實踐。

十月二十至二十六日，遊日本東北福島、宮城等六縣。二十五日，晚餐，在「坐・和民餐廳」所供蝦子敗壞，急反映，幸未危害三十二團員。

十一月四日中午，鄭清文先生因急性心肌梗塞驟逝。次日，撰「臺灣文學系的黃金時代感謝有您——悼念文學大師鄭清文先生」。次年四月一日，刊於『文學台灣』一〇六期（二〇一八夏季號）。

十一月二十三日，至真理大學和台灣社區藝術與人文發展協會主辦的「台語文學研討會暨詩歌創作賞評會」，做義務的陳昭誠「台語字論與詩歌發表」演說的討論人。

十二月一日起，巡走大安區龍陣里社區，撿拾各種垃圾，當作運動。

二〇一八年

二月二十七日，編纂近二年的『大平原上一顆閃耀的星——農鄉散文家林鵬來傑作選』，今夜完成。

六月八日，代妻修飾同事夫何良正醫師文：「明星咖啡館二三事」；又為之立大小標題，查證確切、詳細資料。

六月廿二日，審查實踐大學『實踐博雅學報』二篇論文：「後月亮主義——林怡翠詩中的「月」意象」、「紫微星曜能力異質分組在教學上的應用——以大一國文為例」。

十月二十日，由民視董事長郭倍宏號召的「喜樂島聯盟」，發起「台灣獨立公投」的活動，喚起十二三萬人齊集台北市宣示。全球有八十多家各種媒體報導，讓世界聽到『台灣』人要獨立、反對中國霸凌侵併的心聲。

十一月一日，新世紀文教基金會舉辦「跨世代對話——台灣不在聯合國內彼此失去了什麼？」討論會。與談人之一的王世榕大使（曾駐瑞士）要大家先自我介紹；我用臺語說：「我無名無姓，台灣加入聯合國後，才有名有姓！」

語言文學類　PG2094　秀文學23

大平原上一顆閃耀的星
——農鄉散文家林鵬來傑作選

作　　者／林萬來
編　　者／林政華
責任編輯／杜國維
圖文排版／莊皓云
封面設計／楊廣榕
封面圖片／林萬來

發 行 人／宋政坤
法律顧問／毛國樑　律師
出版發行／秀威資訊科技股份有限公司
114台北市內湖區瑞光路76巷65號1樓
電話：+886-2-2796-3638　傳真：+886-2-2796-1377
http://www.showwe.com.tw
劃撥帳號／19563868　戶名：秀威資訊科技股份有限公司
讀者服務信箱：service@showwe.com.tw
展售門市／國家書店（松江門市）
104台北市中山區松江路209號1樓
電話：+886-2-2518-0207　傳真：+886-2-2518-0778
網路訂購／秀威網路書店：https://store.showwe.tw
國家網路書店：https://www.govbooks.com.tw

2018年12月　BOD一版
定價：360元

國家圖書館出版品預行編目

大平原上一顆閃耀的星：農鄉散文家林鵬來傑作選 / 林萬來著；林政華編. -- 一版. -- 臺北市：秀威資訊科技, 2018.12

面； 公分. -- (語言文學類；PG2094)(秀文學；23)

BOD版

ISBN 978-986-326-639-6(平裝)

855 107020126

讀者回函卡

感謝您購買本書，為提升服務品質，請填妥以下資料，將讀者回函卡直接寄回或傳真本公司，收到您的寶貴意見後，我們會收藏記錄及檢討，謝謝！如您需要了解本公司最新出版書目、購書優惠或企劃活動，歡迎您上網查詢或下載相關資料：http:// www.showwe.com.tw

您購買的書名：________________________________

出生日期：________年________月________日

學歷：□高中（含）以下　□大專　□研究所（含）以上

職業：□製造業　□金融業　□資訊業　□軍警　□傳播業　□自由業
　　　□服務業　□公務員　□教職　□學生　□家管　□其它____

購書地點：□網路書店　□實體書店　□書展　□郵購　□贈閱　□其他

您從何得知本書的消息？

□網路書店　□實體書店　□網路搜尋　□電子報　□書訊　□雜誌
□傳播媒體　□親友推薦　□網站推薦　□部落格　□其他________

您對本書的評價：（請填代號　1.非常滿意　2.滿意　3.尚可　4.再改進）

封面設計____　版面編排____　內容____　文／譯筆____　價格____

讀完書後您覺得：

□很有收穫　□有收穫　□收穫不多　□沒收穫

對我們的建議：________________________________

____

____

____

請貼
郵票

11466
台北市內湖區瑞光路 76 巷 65 號 1 樓
秀威資訊科技股份有限公司 收
BOD 數位出版事業部

（請沿線對折寄回，謝謝！）

姓　　名：＿＿＿＿＿＿＿＿　年齡：＿＿＿＿　性別：□女　□男

郵遞區號：□□□□□

地　　址：＿＿＿＿＿＿＿＿＿＿＿＿＿＿＿＿

聯絡電話：(日)＿＿＿＿＿＿＿＿ (夜)＿＿＿＿＿＿＿＿

E-mail：＿＿＿＿＿＿＿＿＿＿＿＿＿＿＿＿